BERG MUFFEL

RUPPIGE SINGLE PAPAS

WILLOW FOX

ALLISON WEST

SLOWBURN
PUBLISHING

Berg Muffel

Ruppige Single Papas Buch 2

Willow Fox

Veröffentlicht von Slow Burn Publishing

Cover Design by GetCovers

© 2023

vi

übersetzt von Daniel T.

Alle Rechte vorbehalten.

ÜBER DIESES BUCH

Als Cali ihren Drink über den heißen Milliardär schüttet, hatte sie nicht erwartet, dass er sie über seine Schulter wirft.

Als Vloggerin wird Cali Sinclair in ein Ski-Resort, ins Blue-Sky-Resort, geschickt, um über dieses Winterziel zu berichten. Normalerweise reist sie an warme, exotische Orte, und nicht mitten im Winter in die eisigen Berge.

Der Milliardär und alleinerziehende Vater Logan Henderson besitzt das Skigebiet in Breckenridge, Montana, und trifft im Souvenirladen auf die süße, aber nicht so charmante Cali. Sie ist eine unzufriedene Kundin, und er ist verärgert, dass er noch eine weitere Kundenbeschwerde entgegennehmen muss.

Julianna, Logans Tochter, erkennt Cali und ist von ihr begeistert. Das Einzige, was noch schlimmer ist als eine hartnäckige Fünfzehnjährige, die bei Cali ein Praktikum machen möchte, ist die freche Vloggerin, die ständig über alles stolpert. Logan will keine schlechte Publicity oder einen Rechtsstreit.

Als Cali von dem lässigen Logan abgelenkt wird, stolpert sie und fällt in seine Arme, aber dieses Mal lässt er sie nicht los.

Berg Muffel ist ein eigenständiger Liebesroman ohne Cliffhanger, ohne Betrug und mit einem Happy End. Es ist eine stürmische Slow-Burn-Romanze mit Würze.

1

LOGAN

„ICH SCHWÖRE, wenn ich noch eine Beschwerde von den Touristen bekomme, verlasse ich diesen Ort und komme nie wieder zurück", schimpfe ich.

„Ist es wirklich so schlimm, ein Skigebiet zu besitzen?", fragt Levi am Telefon.

Wir sind Freunde, seit wir zusammen in der Armee gedient haben. Aber wir sehen uns nicht regelmäßig. Es geht uns nicht um Geld. Levi hat das Geschäft seines Vaters geerbt, eine globale Hotelkette.

Ich habe schon früh in einige Technologieunternehmen investiert, von denen ich noch nie etwas gehört hatte, und dachte, ich könnte froh sein, wenn ich in vierzig Jahren genug für den

Ruhestand hätte. Stattdessen wurde ich zum Milliardär.

Ich schätze, ich hatte Glück.

Das Glück scheint mich jetzt jedoch verlassen zu haben.

Ich habe ein Skigebiet in Montana gekauft. Die Anlage musste renoviert werden, was ich für den schwierigsten Teil hielt, aber das war noch ein Kinderspiel. Die Bauunternehmer haben den ursprünglichen Kostenvoranschlag in Windeseile über den Haufen geworfen und fanden jede nur erdenkliche Ausgabe, die sie aufschlagen konnten.

Ich würde sie nie wieder beauftragen, aber das Haus ist jetzt fast fertig, und die Kosten waren viermal über dem Budget. Ich muss das Geld irgendwie wieder reinholen. Ein paar Dollar mehr pro Eintrittskarte helfen schon, aber es wird Jahre dauern, bis sich meine Investition amortisiert hat.

„Oh, die Logistik ist großartig. Das Resort selbst ist wunderschön. Es ist dreimal so groß wie dein Haus."

Levi murmelt. „Messen wir jetzt ernsthaft, wie groß unsere Häuser sind und vergleichen sie?"

Ich gehe auf seine Anspielung nicht weiter ein.

„Wie geht es Julianna?", fragt Levi.

Julianna ist fünfzehn und bereit fürs College. Sie möchte zum Studieren in ein anderes Land ziehen, und so weit weg wie möglich von ihrem alten Vater zu sein.

Ich bin nicht scharf auf dieses Arrangement, und nur weil ich das Geld habe, heißt das nicht, dass ich es die Toilette hinunterspüle, für eine Ausbildung im Trinken und Feiern.

Wenn sie an einer erstklassigen Schule angenommen wird, übernehme ich die Studiengebühren, aber mit ihrem derzeitigen Notendurchschnitt wird sie nicht nach Oxford gehen. Ich lasse nicht zu, dass sie nach England oder Paris fliegt, um den gleichen Abschluss zu machen, den sie auch hier bekommen kann, nur weil sie die Welt bereisen möchte.

Sie kann ein Jahr Pause machen.

Aber ich werde es nicht finanzieren.

Ich komme nicht aus wohlhabenden Verhältnissen, und ich will nicht, dass sie denkt, es sei nicht hart verdient, auch wenn ich Glück hatte.

„Sie hat Ferien", sage ich und kratze meinen Nacken. „Ich glaube, die neue Schule hat sie auch ein wenig überfordert. Du solltest mit Amelia hierherkommen. Julianna würde sich freuen, sie zu sehen."

„Meinst du, du hast bei dir zu Hause Platz für uns?", fragt Levi und macht sich über mich lustig.

„Ich denke, wir können ein Zimmer entbehren. Ich meine, ich könnte dir das Doppelte berechnen, denn ich bin sicher, dass du die größte Nervensäge in der ganzen Umgebung bist."

„Ich kann nicht schlimmer sein als die Großmütter, die versuchen, ihre Enkelkinder zum Skifahren mitzunehmen", sagt Levi.

Er hat nicht Unrecht.

Julianna ist völlig außer Atem, als sie in mein Büro gelaufen kommt. „Ich muss los." Ich lege auf, bevor ich mich richtig von Levi verabschieden kann. Er wird es verstehen.

„Was ist los?", frage ich und schaue sie von oben bis unten an. Warum zum Teufel rennt sie herum?

„Da draußen ist es wahnsinnig voll, und du versteckst dich hier drin", stöhnt Julianna. „Ich kann nicht glauben, dass du mich dazu bringst, im Empfang zu arbeiten."

„Ich zwinge dich nicht, den Boden zu reinigen." Meine Güte, das Kind weiß, wie man dick aufträgt.

„Du hast mit den Kunden zu tun, Papa. Sieh dir an, wie es hinter dem Empfang zugeht, nicht in deinem Büro."

Sie ist heute sehr bissig. Sie hat den Mund voller genommen, als sie kauen kann.

„Gut." Ich schiebe meinen Stuhl zurück, gehe um meinen Schreibtisch herum und verlasse das Büro. Ich gehe den Korridor hinunter zum Empfang, wo ein halbes Dutzend Gäste darauf warten, am Skiverleih eingecheckt zu werden.

Ich stöhne und verweise die Gäste auf die richtige Seite des Gebäudes. Wir haben ein Hotel auf der Ostseite und auf der Westseite ist das Skigebiet, das für die Öffentlichkeit zugänglich ist. Das ist gar nicht so schwer zu verstehen. Überall im Gebäude sind Schilder und Karten angebracht, es wurde neu gestaltet, aber manche Leute mögen keine Veränderungen.

Ich überprüfe zusammen mit meinem Bruder Wyatt, dass die Skiausrüstung richtig gehandhabt wird. Wenn die Gäste die Skier ausleihen, müssen sie ihren Führerschein abgeben, den wir dann bis zur Rückgabe der Ausrüstung einbehalten.

Alles scheint in Ordnung zu sein, aber er ist damit überfordert, den Gästen schnell genug behilflich zu sein, da die Schlange an der Ausleihstation immer länger wird.

Sie können nicht drinnen bezahlen, wo sie die Skier mieten. Wir haben einen separaten Platz für die Bezahlung, wenn die Gäste zum ersten Mal kommen. Das soll eigentlich ganz einfach sein, aber ich bin mir nicht sicher, ob das die beste Methode ist. Wir sind noch dabei, die Probleme zu lösen.

Julianna huscht hinter den Tresen, um bei der Ausgabe der Skischuhe zu helfen. Wir sind für einen Dienstag relativ gut ausgebucht, aber es sind auch Winterferien für die Kinder in Breckenridge und die umliegenden Orte. Es ist noch knapp eine Woche bis Weihnachten. Wo ist das Jahr nur geblieben?

Ich übernehme für ein paar Stunden den Ausrüstungsschalter. Als es endlich ruhiger wird, gehe ich über den Flur, um mir eine Flasche Wasser aus dem Kühlschrank zu holen.

„Ich kann diese Preise nicht fassen", tönt eine Frauenstimme aus dem Inneren unseres Ladens.

Ich sollte es einfach dabei belassen und die Beschwerden der Frau ignorieren. Glaubt sie, wer in den Urlaub fahrt, muss keinen Cent ausgeben?

Aber ich leite den Laden und muss die Beschwerden und Probleme der Kunden ernst nehmen. Sogar Julianna hat mich daran erinnert, wenn ich nicht zuhöre, was die Leute wollen, kann ich nicht helfen, die Dinge in Ordnung zu bringen. Das Kind ist zu schlau, es steht sich selbst im Weg.

„Kann ich Ihnen helfen?", frage ich unwirsch.

Es sind zwei Verkäufer im Laden. Einer sitzt hinter der Kasse, der andere faltet T-Shirts, und seine Augen werden groß, als er mich bemerkt. Ich denke, das Personal erwartet nicht, dass der Inhaber sich einmischt, aber ich werde nicht den ganzen Tag in meinem Büro herumsitzen.

Meine Tochter würde das nie zulassen, selbst wenn ich es wollte.

„Dreihundert Dollar für eine Jacke, das ist absurd. Können sie das glauben?", spottet die Brünette. „Das ist Wegelagerei. Ich bin nicht hierhergekommen, um mich ausnutzen zu lassen." Sie schiebt den Ski-Parka zurück auf den Ständer.

„Es ist Winter, und Sie sind in einem Skigebiet. Was haben Sie denn erwartet?", schimpfe ich.

„Ich könnte in einem Kaufhaus den gleichen Mantel für die Hälfte des Preises kaufen."

„Nun, dann sollten Sie das vielleicht tun. Sie sollten auch *Breckenridge* auf die Vorderseite sticken", sage ich und zeige auf die individuelle Gestaltung, die vielen Touristen gefällt.

„Für die Hälfte der Kosten könnte ich das selbst machen", schimpft sie. „Und die Tickets für den Skilift, die Familien brauchen eine zweite Hypothek, wenn sie die Ausrüstung auch noch mieten wollen. Ich habe gehört, dass es einen neuen Besitzer gibt. Es ist, als wolle er euch die Taschen leeren und euer ganzes Essensgeld klauen, während ihr im Lift sitzt."

„Niemand zwingt Sie, den Skilift zu nehmen oder auf die Piste zu gehen. In der Stadt gibt es genug zu sehen, wenn man hier einen schönen, entspannten Urlaub verbringen möchte.

Warum unterhalte ich mich immer noch mit dieser Frau? Sie bereitet nur Ärger. Ich kann die Intensität und Hitze ihres feurigen Blicks förmlich spüren.

„Nun, sie sind vielleicht nicht gezwungen, aber das ist ein Skigebiet, und die Kurse – von den Kosten für das Erlernen des Skifahrens möchte ich gar nicht erst anfangen. Die Preise für den Unterricht sind gigantisch."

„Nicht jeder braucht einen Kurs. Es gibt Kinderpisten für diejenigen, die gerade erst anfangen."

„Kommen Sie oft hierher?" Ihre blauen Augen mustern mich von oben bis unten.

Ich nicke knapp. „Das kann man wohl sagen."

„Dauerkarteninhaber, was?", vermutet sie.

Sie hat Unrecht, aber ich korrigiere sie nicht.

„Hat Ihnen der Laden besser gefallen, bevor der neue Besitzer, ein Vollidiot, alles verändert hat? Ich habe gehört, er ist gegenüber den Angestellten ein echter Pedant. Er lässt sie lange arbeiten und gibt ihnen keinen Urlaub. Ist Ihnen das schon aufgefallen?"

„Das habe ich noch nicht bemerkt", schimpfe ich.

„Oh, gut", sagt die Frau und lächelt mich an. Sie ist der Sonnenschein, und ich bin der Sturm, der ihren guten Tag verregnet. Sie mustert mich wieder von oben bis unten. „Der Service hier ist mangelhaft, wenn Sie mich fragen. Um in die richtige Schlange für den Check-in zu kommen, musste ich zwanzig Minuten warten."

„Sind Sie den gelben Pfeilen auf dem Boden nicht gefolgt?", knurre ich, während sich meine Hände an der Seite zu Fäusten ballen.

„Welche Pfeile?", sie zuckt mit den Schultern, denn sie hat die leuchtend gelbe und orangefarbene Schrift auf dem Boden, die in die Richtung der *Gästeabfertigung* weist, nicht bemerkt.

„Manche Leute können nicht lesen", murmle ich.

Wieso ist das meine Schuld? Das ist Ihre Schuld, wenn Sie doppelt so lange brauchen, weil Sie die Anweisungen nicht befolgen können.

Sie wirft einen Blick auf das nächste Regal mit langärmeligen Unterhemden für Frauen. „Siebzig Dollar?", spottet sie über das Preisschild. „Die sind höchstenfalls dreißig wert."

„Waren Sie schon einmal in einem *Skigebiet*?", frage ich und betone dabei, dass dies ein Urlaubsziel für Leute ist, die Schnee mögen. Die Leute kommen aus der ganzen Welt hierhergeflogen. Zumindest ist das meine Hoffnung. „Was haben Sie denn erwartet, was Kleidung an einem Ort wie diesem kostet?" Mein Ton wird schärfer, als ich es beabsichtige.

„Oh, ich weiß nicht. Ich fahre eigentlich nie in Skigebiete. Normalerweise mache ich Strandurlaube. Ich bin ein Influencer."

„Ein Influencer? Wen zur Hölle beeinflusst ihr denn, Teenager, auf dieser Uhren-App?" Ich bin verärgert, mit dieser Frau verschwende ich nur meine Zeit.

Sie schürzt die Lippen. „Was ich mache, ist eher ein Vlogging. Ich bin bekannt dafür, dass ich mich damit befasse."

„Natürlich machen Sie das", murmle ich. Was zum Teufel ist Vlogging? Ich muss zurück an die Arbeit. Ich drehe mich um, ohne mich zu verabschieden verlasse ich den Laden.

„Papa!", ruft Julianna mir nach und kommt hinter dem Tresen hervor.

Ich halte inne, drehe mich um und warte, dass meine Tochter zu mir kommt. Darf ich fragen, was das ist?

„Ist das Cali Sinclair?", fragt Julianna mit großen Augen.

„Ich weiß nicht. Ist sie eine Berühmtheit?" Ich habe noch nie von der Frau gehört, nach der Julianna mich fragt.

„Cali Sinclair ist eine Urlaubs-Bloggerin. Sie schreibt über das nächste Top-Reiseziel. Was immer sie postet, geht um wie ein Virus. Die Orte sind monatelang ausgebucht, wenn es eine gute Kritik ist. Wenn es eine schlechte ist, macht sie dich fertig."

Ich glaube nicht, dass sie diese Art von Macht hat. Sie ist eine Frau mit einem Telefon, vielleicht einem Computer.

„Ich werde es herausfinden, Papa. Wir brauchen die beste Publicity, die wir bekommen können!" Julianna kreischt und eilt durch den Flur. Ich packe sie am Arm, um sie aufzuhalten, aber sie schlüpft vorbei und stürmt auf die Frau zu.

Ich kann nicht hinsehen. Ich gehe zurück in mein Büro. Ich muss mich um wichtigere Dinge kümmern, als ein Mädchen zu beeindrucken, das gerne Tanzvideos dreht. Das wird mir nicht helfen, Gewinn zu machen.

———

Ich habe meine Wasserflasche nicht mitgenommen.

In meinem Büro ist es kühl, die Lüftungsschlitze sind offen und die Heizung ist aufgedreht. Das ganze Gebäude ist sehr warm, was bedeutet, dass die Wärme nicht richtig in meinem Büro ankommt.

Damit muss ich mich bald beschäftigen.

Ich verlasse mein Büro und gehe in die Lounge, um einen Kaffee zu trinken.

Die Brünette von vorhin sitzt in der Nähe der Kaffeemaschine, sie hat das Bein mit einem Eisbeutel, der schneller schmilzt als ein Eis am Stiel hochgelegt.

Sie muss sich auf der Piste verletzt haben.

„Hey, ich habe Ihren Namen nicht verstanden", sagt die Frau, als ich mich an ihr vorbeischleiche.

Ich hätte mir einen Kaffee aus der Kanne im Hinterzimmer holen sollen, wo ich nichts mit den Gästen zu tun haben. Mein Fehler.

Aber der Kaffee in der Lounge ist eine Million Mal besser. Ich gebe den Code für den gewünschten Kaffee und dann den Verwaltungscode ein, damit ich nicht fünf Dollar für eine einfache Tasse Kaffee bezahlen muss. So muss ich kein Bargeld in den Automaten stecken.

Ich greife nach der kochend heißen Tasse und schaue die Brünette an. „Ich habe ihn nicht gesagt", sage ich. Sie ist süß, aber in diesem Haus ist nur Platz für einen Nörgler. Lieber stürze ich mich die schwarze Piste hinunter, als mir noch fünf Minuten lang ihr Geschimpfe anzuhören.

„Können Sie mir einen Kaffee bringen?", fragt sie und hält einen Fünf-Dollar-Schein hoch.

„Klar." Ich schnappe mir das Geld und stecke es ein, während ich den Code eintippe und ihr das gleiche Getränk wie mir zubereite. „Möchten Sie Sahne und Zucker?"

„Ja, bitte." Sie strahlt, als ich ihr die Tasse reiche.

„Danke", sagt sie und nimmt einen Schluck.

„Zum ersten Mal auf der Piste?", frage ich und schaue auf ihren Knöchel.

„Ach, das? Nein, das ist von den Absätzen meiner Stiefel."

„Ernsthaft? Wer zum Teufel trägt in einem Skigebiet Absatzstiefel?" Ich schaue zu ihr herüber, obwohl sie immer noch ihre marineblauen Leggings und das rosa Hemd trägt, hat sie ein Paar Stiefel mit Absätzen neben dem Stuhl stehen.

Wer zum Teufel hat Stiefel erfunden, die man nicht im Winter tragen kann?

„Ich bin nicht hierhergekommen, um Ski zu fahren", sagt sie.

Ich lehne mich nach vorn über einen der Stühle und schenke ihr meine ungeteilte Aufmerksamkeit. Ich bin mir nicht sicher, warum. Ich sollte zurück in mein Büro gehen und diese verrückte Tussi in Ruhe lassen. Sie tut mir keinen Gefallen, sondern lässt mich an meinem Verstand zweifeln.

„Sie sind mit diesen Modestiefeln hergekommen, um die Uhr-App zu benutzen und zu versuchen, viral zu werden?"

„So ähnlich. Ich bin Cali", sagt sie und streckt ihre Hand aus, um sich vorzustellen.

„Logan", murmle ich und schüttle ihre Hand, bevor ich einen weiteren Schluck Kaffee nehme. Ich brauche einen Espresso, etwas Stärkeres, um mich heute Nachmittag konzentrieren zu können.

„Ich nehme an, Sie fahren nicht gerne Ski?"

„Warum sagen Sie das?", frage ich. Als ich den Kaffee ausgetrunken habe, werfe ich den Becher in den nahe gelegenen Müll und gebe erneut die Ziffern in die Kaffeemaschine ein. Diesmal lasse ich mir einen doppelten Espresso zubereiten.

Cali schaut fasziniert zu. „Sie sind an so einem Tag drinnen, es ist kalt und schneit, das perfekte Skiwetter. Das ist die Art von Wetter, die ich verachte."

„Warum kommen Sie dann hierher?"

„Ich sagte doch, für meine Arbeit. Ich bin ein Influencer."

„Richtig." Ich kann mir nicht vorstellen, auf wen sie Einfluss nehmen will. Wer würde auf sie hören? „Ihr Job ist völlig sinnlos. Sollten Sie nicht etwas ausprobieren, bevor Sie es beurteilen?"

„Ich schaue mir die Skipisten nicht an."

„Aber genau deshalb kommen die Leute ins Blue-Sky-Resort. Sie kommen nicht in die Lounge wegen des Kaffees oder wegen der Jacken im Laden. Sie kommen wegen des Ski- oder Snowboard-Erlebnisses auf den Pisten."

„Wir sind uns einig, dass wir uns nicht einig sind", sagt Cali.

Ich kann dieser Frau nicht mehr ertragen. Mein Espresso ist fertig, und ich nehme ihn aus der Maschine. Ich sollte zurück in mein Büro gehen. „Wenn ich es mir recht überlege", sage ich und mustere sie. „Mit Ihrer Knöchelverletzung, die von Ihren Absätzen herrührt, sind Sie eine Belastung. Halten Sie sich von den Pisten fern."

Ihre Augen verengen sich, und ihre Nase zuckt. „Warum interessiert Sie das? Arbeiten Sie hier? Moment, Sie sind Logan Henderson?"

Ich setze meinen Espresso an die Lippen, drehe mich um, und verlasse die Lounge, bevor sie mich mit weiteren Fragen überfallen kann.

„Papa!" Julianna jagt hinter mir den Flur entlang. Ich werde langsamer, damit sie mich einholen kann, während ich den letzten Schluck Kaffee trinke. „Oh mein Gott, Cali ist so fantastisch!"

Ich stöhne auf und wünsche mir, diese bedrohliche Frau wäre gar nicht erst im Resort aufgetaucht. Wer kommt schon in ein Skigebiet und hat nicht vor, Ski zu fahren?

„Nicht jetzt, Jules", schnauze ich sie an.

Julianna bleibt stehen und verschränkt die Arme vor der Brust. „Papa, musst du mir denn immer die Freude nehmen?"

Ihre Worte haben mich getroffen. Ich wollte nichts Beleidigendes sagen. „Was ist los?"

„Ich habe Cali die Videos gezeigt, die ich gemacht habe, und sie ist beeindruckt. Sie hat mich eingeladen, nächsten Sommer ein Praktikum bei ihr zu machen", jubelt Julianna. Ich habe sie noch nie so glücklich gesehen. Zumindest nicht, seit ihre Mutter und ich uns haben scheiden lassen.

Sie hüpft auf und ab, ihre Augen strahlen wie die Sonne. „Du musst mich gehen lassen, Papa. Bitte!"

„Ich muss gar nichts tun. Wo soll das sein?"

„Kalifornien".

„Natürlich, wo sonst", murmle ich. „Cali ist aus Kalifornien. Ist das überhaupt ihr richtiger Name?"

„Ich weiß es nicht." Julianna zuckt mit den Schultern.

„Was weißt du überhaupt über diese Frau?", frage ich und führe Julianna in mein Büro. Ich schließe die Tür, damit niemand unser privates Gespräch mithören kann.

„Was gibt es da zu wissen? Sie hat angeboten, mir alles beizubringen, was mit Vlogging und Influencer zu tun hat. Das ist so cool, Papa. Du musst Ja sagen, ich bitte dich. Ich möchte ein Influencer sein. Ich kann damit viel Geld verdienen, und du musst mich nicht unterstützen."

„Beeinflussen ist kein Job. Es ist ein Hobby."

„Das weißt du doch gar nicht", argumentiert sie. „Du solltest mit Cali reden."

„Das habe ich schon", ich koche innerlich, und ich will auf keinen Fall, dass meine Fünfzehnjährige nächstes Jahr in den Sommerferien mit ihr abhängt. Nicht nur, dass ich der Frau nicht traue, weil sie eine Fremde ist, ich will auch nicht, dass Julianna auf die verrückte Idee kommt, sie könnte eine Vloggerin sein.

„Hat sie dich gefragt, ob ich ein Praktikum bei ihr machen kann?"

„Nein", knurre ich und gebe Julianna ein Zeichen, sich auf den leeren Stuhl gegenüber von meinem Schreibtisch zu setzen. Ich lehne mich am Schreibtisch zurück, aber ich kann bei diesem Gespräch nicht sitzen.

„Oh." Juliannas Gesicht verzieht sich. „Ich wusste, ich hätte mit der Frage warten sollen, bis du gut gelaunt bist, aber das passiert kaum."

Das Kind ist heute sehr redselig. Das liegt wohl daran, dass sie ein Teenager ist und an ihren Hormonen. Nur wir beide, das ist nicht einfach. Ihre Mutter hat bei der Scheidung nicht einmal um das gemeinsame Sorgerecht gebeten. Sie gab mir Julianna, wollte aber das Haus in Griechenland. Als ob unser Kind so einen beschissenen Tausch wert ist.

Der bloße Gedanke an Jess nervt mich immer noch. Ich möchte keine weitere Jess in Juliannas Nähe haben, und ich befürchte, dass Cali nicht besser ist, mit ihren Flausen im Kopf, die mein unschuldiges Kind davon überzeugt, dass sie die nächste große Influencerin sein kann und viral geht.

„Wir können später darüber reden, ob du ein Praktikum annehmen kannst, aber es wird nicht bei irgendeinem Mädchen sein, das zufällig in unserem Haus auftaucht", sage ich. „Wir verbrüdern uns nicht mit den Gästen."

„Was soll das heißen, Papa? Ich schlafe nicht mit ihr."

Ich verkneife mir ein Lachen. Dem Himmel sei Dank, denn die Frau ist zu alt, um mit meiner Tochter zu schlafen. „Ist es das, worum es hier geht, eine Schwärmerei?", frage ich.

Julianna hat kein Geheimnis aus ihren Schwärmereien für Mädchen gemacht. Im Laufe der Jahre hat sie sich mehr in Mädchen als in Jungs verknallt. Ich glaube, sie ist immer noch dabei, sich über ihre Sexualität klar zu werden, und das ist nichts, was ich mit einer Fünfzehnjährigen diskutieren möchte. Sie kann sich verabreden, mit wem sie will, solange ich sie treffe und einverstanden bin.

Und ich bin nicht mit Cali einverstanden. Sie ist eher in meinem Alter. Na ja, dazwischen. Ich bin dreiundvierzig. Sie ist vielleicht fünfundzwanzig? Ich schaue sie mir später an, wenn meine Tochter nicht dabei ist.

„Cali ist nicht verknallt. Ich meine, ich würde sterben, wenn sie mich so ansehen würde, aber sie ist vierzehn Jahre älter als ich, Papa. Wie, igitt."

Ich lache und rechne im Kopf nach. Cali ist also neunundzwanzig. Fünfzehn Jahre jünger als ich.

Warum interessiert mich das?

Es ist nicht so, dass ich an einem Date mit ihr interessiert wäre.

Durchaus nicht. Ich habe den Frauen abgeschworen, seit Jess mein Herz mit Stepptanz, Stampfen und dem, was davon übrig war, in der Toilette heruntergespült hat.

Wenn es Julianna nicht gäbe, würde ich wahrscheinlich alle Frauen hassen. Aber ich liebe mein Kind, auch wenn sie nicht weiß, was das Beste für sie ist. Deshalb bin ich da, um sie daran zu erinnern und auf den rechten Weg zubringen.

„Aber im Ernst, Papa, Cali hat uns für heute Abend zum Essen eingeladen."

„Was?" Knurre ich. Ich habe genug gehört. „Geh wieder an die Arbeit."

„Komm schon. Du kannst nicht nein sagen. Ich habe ihr schon gesagt, dass ich sie begleite, und sie möchte dich kennenlernen."

Ich balle meine Hände zu Fäusten. Mein Bizeps zuckt vor Wut. „Wir sind uns bereits begegnet." Ich muss keine Abendessen mit dieser Frau verbringen, um zu wissen, dass ich meine Tochter nicht in ihrer Nähe haben möchte. „Und du solltest keine Entscheidungen ohne mich treffen."

„Es ist nur ein Abendessen, und es findet in deinem Haus statt. Es ist ja nicht so, dass wir zu ihrem Haus am Ende der Welt fahre." Ihre Stimme hebt sich, aber sie schreit mich nicht an. Julianna ist gereizt, ihre Wangen sind rot, und ihr dunkles Haar, das sie zu einem Dutt gebunden hat, fällt ihr ins Gesicht.

Sie hat recht. Ich bin nicht ganz fair. Wenn sie in unserem Haus mit jemandem zu Abend essen will, werde ich sie nicht daran hindern. Ich wäre ja ein Heuchler, wenn ich das täte. Ich habe ihr gesagt, sie soll Freunde finden und hinausgehen. Ich hatte nur nicht erwartet, dass es mit einem Erwachsenen ist.

„Du kannst mit ihr zu Abend essen. Ich habe noch zu tun." Ich stoße mich vom Schreibtisch ab, und setze mich auf meinen Ledersessel, um ein Zeichen zu setzen. Wenn es sein muss, lasse ich das Abendessen ausfallen, aber wahrscheinlich nehme ich etwas Essen mit in mein Büro.

„Schön, sei ein Muffel", sagt Julianna und stürmt aus meinem Büro.

„Teenager", murmle ich.

„Muffliger Vater!", schreit Julianna zurück.

2

CALI

DAS TEENAGER-MÄDCHEN, das ich heute Nachmittag getroffen habe, war süß und niedlich. Es erinnert mich ein wenig an mich selbst, als ich in ihrem Alter war.

Ich bleibe auf dem Plüschsessel in der Lounge sitzen. Es gibt nicht allzu viele, die so bequem sind, und da ich mein Bein auf einer Ottomane hochgelegt habe, möchte ich nicht riskieren, dass mir jemand den Platz wegnimmt, wenn ich aufstehe.

Das hilft nicht, denn ich muss ganz dringend pinkeln.

Der Kaffee hat es auch nicht besser gemacht.

Aber ich werde einfach bis zum Abendessen warten und mich dann darum kümmern.

Und das ist bald so weit. Meine Uhr ist kaputtgegangen, als ich mir den Knöchel verstaucht habe, was mehr ein Sturz auf den Boden war, als ich zugeben möchte.

Ich bin gestolpert, habe mein Knie geprellt, mir den Knöchel verstaucht und meinen Absatz vom Stiefel abgebrochen. Mit Absätzen hatte ich noch nie Glück.

„Cali!" Jules winkt, als sie mich bemerkt, und kommt zu mir herüber. „Ich dachte, wir treffen uns im Restaurant?"

„Oh, das wollten wir. Tut mir leid, meine Uhr ist vorhin kaputtgegangen, und mein Handy hat keinen Saft mehr." Ich zeige ihr den leeren Bildschirm.

„Igitt. Mein Vater wäre so wütend, wenn mein Telefon kaputtgehen würde. Dann könnte er mich nicht erreichen." Sie grinst mich an, bevor sie meinen Knöchel mustert. „Brauchst du Hilfe, um ins Restaurant zu kommen?"

„Ich glaube, ich schaffe es", sage ich und zucke zusammen, als ich aufstehe und mit meinem Fuß auftrete.

Es ist schmerzhaft, und ich beiße mir auf die Unterlippe, um den Schmerz zu unterdrücken. Ich habe schon Schlimmeres erlebt. Ich bin eben ein Tollpatsch.

Jules bietet mir ihre Schulter an. „Du kannst dich bei mir aufstützen", sagt sie.

Sie ist ein gutes Kind.

„Treffen wir deinen Vater zum Abendessen?", frage ich. „Vielleicht kann er uns helfen, das Restaurant zu finden", sage ich scherzhaft. Es liegt zwar auf der anderen Seite des Gebäudes, aber wenigstens ist es keine Wanderung mit einer Steigung.

„Nein, er kann nicht kommen. Er ist beschäftigt", sagt Jules.

„Oh, okay. Ist er noch auf der Piste?" Ich bin überrascht, dass er sich nicht um seine Tochter kümmert, wenn er mit ihr in den Urlaub fährt.

„Nein, er hat Arbeit."

„Oh." Ich nicke. Wahrscheinlich muss er sich in seinem Hotelzimmer um die Dinge aus seinem Büro kümmern. „Vielleicht kommt er runter, wenn er fertig ist und setzt sich zu uns."

„Vielleicht." Sie zwingt sich zu einem Lächeln, und ich kann mir nicht vorstellen, wie jemand dieses Kind enttäuschen könnte.

Jules hilft mir durch den riesigen Raum des Ski-Resorts zum Flur. Wir haben noch ein ganzes Stück Weg vor uns, und ich ziehe eine Grimasse, halte aber ein Stöhnen zurück. Ich will sie nicht beunruhigen oder das Kind erschrecken, damit sie um Hilfe ruft. Ich bin sicher, dass es mir morgen früh wieder gut gehen wird.

Ich versuche, nicht zu viel Gewicht auf Jules Schultern zu legen, während ich zum Restaurant humple. „Wie lange machst du Urlaub im Blue Sky?", frage ich.

„Urlaub?" Sie beginnt hysterisch zu lachen. „Cali, ich wohne hier."

„Oh, wow. Das ist klasse. Ich wusste gar nicht, dass es in dem Resort Eigentumswohnungen gibt."

„Nun, es gibt eine für die Besitzer", sagt Jules.

Ich huste und räuspere mich. „Warte." Ich höre auf, zu gehen. Ich kann dem Gespräch nicht folgen und mich körperlich bewegen, während ich versuche, zu verstehen, was sie sagt. „Dein Vater ist Logan Henderson?"

„Das stimmt." Sie nickt und deutet in Richtung des Ganges. „Wenn wir nicht weitergehen, schaffen wir es nicht bis morgen."

„Sehr witzig", sage ich und stupse sie an. Wir durchqueren die Haupthalle, und ich schwöre, dass sie immer länger wird, je weiter wir sie durchqueren, aber wir müssen immer noch durch den langen, gewundenen Gang zwischen dem Skigebiet und dem Resort zum Restaurant gehen. „Vielleicht solltest du uns einen Tisch besorgen."

„Ich bin mir nicht sicher, ob du es schaffen wirst", sagt Jules und zückt ihr Handy.

„Wen rufst du an? Ich komme schon klar." Ich will nicht, dass sie wegen eines verstauchten Knöchels den Notruf wählt. Es ist keine große Sache. Es ist nicht das erste Mal, dass ich ein Tollpatsch bin.

„Papa", sagt Jules, „ich brauche deine Hilfe. Cali hat sich verletzt."

Eine Minute später legt sie den Anruf auf, und mit schweren Schritten kommt er den Flur entlang.

„Jules, geht es dir gut?"

„Mir geht's gut. Das ist Cali", sagt sie und deutet auf mich. „Ich habe versucht, ihr ins Restaurant zu helfen, aber wir brauchen Krücken oder einen Rollstuhl. Gibt es hier etwas, das wir benutzen können?"

Logan mustert mich von oben bis unten. „Schmerzt der Knöchel?"

„Nun, das ist sicher nicht sehr freundlich", witzle ich.

Er sieht nicht amüsiert aus. „Hier, ich habe Sie", sagt er und nimmt mich in seine Arme.

„Mr. Henderson, das ist doch nicht nötig", sage ich und versuche, nicht zu lachen. An seine Brust gepresst, riecht er fantastisch, nach Kiefer und Eiche. Sein Bizeps ist riesig, und seine Brust ist felsenfest, wie seine Bauchmuskeln. Ich muss ihn nicht sehen, um ihn an mir zu spüren.

„Legen Sie Ihre Arme um meinen Hals", weist er mich an, während er mich mit Leichtigkeit den Gang entlang trägt, und in weniger als einer Minute sind wir im Restaurant. Wir gehen an der langen Schlange der Gäste vorbei, die auf einen Tisch warten.

Ein paar Leute murren unmutig, während er mich in den hinteren Teil des Restaurants trägt. Dort gibt es einen Tisch, an dem normalerweise vier Personen sitzen, mit einem Schild, auf dem „Reserviert" steht. Ich kann nur vermuten, dass er für seine Tochter und ihn ist.

Er setzt mich sanft auf einem Stuhl ab, und ich löse meine Arme um seinen Hals. „Ähm, danke", sage ich und fühle mich aufgeregt. Mein Magen ist voller Schmetterlinge, und ich bin mir nicht sicher, warum. Sind es seine dunklen, grüblerischen Augen oder die Art, wie er mich ansieht, direkt in meine Seele?

„Erwähnen Sie es nicht", antwortet er, und ich habe das Gefühl, dass er es ernst meint. Er will, dass ich nie wieder davon spreche.

„Ich freue mich, dass Sie mitgekommen sind", sage ich.

„Legen Sie Ihr Bein auf der Bank hoch. Ich gehe in die Küche und hole Ihnen frische Eiswürfel. "

„Das ist mein Vater", sagt Jules und lächelt verlegen, während sie auf ihn zeigt. „Bitte finden Sie ihn nicht so abscheulich. Er ist der größte Nörgler, aber ich verspreche, dass ich nicht so bin wie er. Wenn ich ein Praktikum bei Ihnen mache, werde ich kein ständiger Nörgler sein."

„Das will ich hoffen." Ich kichere. „Ich bin sicher, dein Vater ist nicht so schlimm." Ich zwinge mich zu einem Lächeln. Als ich ihn vorhin traf, wirkte er ziemlich kalt und distanziert, aber ich hatte auch nicht erkannt, mit wem ich sprach.

Ich stöhne und bedecke mein Gesicht mit meinen Händen. „Ach du meine Güte, Jules. Ich habe mich bei deinem Vater, dem Besitzer, über diesen Laden beschwert."

Wie zum Teufel soll ich nach diesem Debakel noch ein Interview mit ihm bekommen? Ich kann froh sein, dass er mich nicht rausgeschmissen und mir verboten hat, jemals wiederzukommen.

Nun, es ist immer noch Zeit für mich, den Auftrag zu vermasseln. Ich schwöre, Bridget hat mich hierher geschickt, um sich an mir zu rächen. Sie sagte mir, ich bräuchte einen Tapetenwechsel, und meine VLogs würden zu routinemäßig für ihre Website werden.

Das ist der Code für langweilig.

Logan kommt mit einem versiegelten Eisbeutel, eingewickelt in Papierhandtücher zurück. „Ihr Bein sollte höher gelagert werden", schimpft er.

„Höher geht es nicht, es liegt schon auf der Bank."

Er legt den kalten Eisbeutel auf meinen Knöchel, und ich ziehe eine Grimasse wegen der Kälte und des ersten Kontakts. Der andere Beutel hatte sich vor ein paar Stunden in warmes Wasser verwandelt.

„Guten Appetit", sagt Logan.

„Papa, warte! Wenn du schon einmal da bist."

Sein Gesichtsausdruck ist energisch.

„Bitte", sage ich und gebe ihm ein Zeichen, sich mir gegenüber und neben seine Tochter zu setzen, da mein Bein den Rest des Platzes einnimmt.

Er gibt seufzend nach, und setzt sich zu uns an den Tisch. „Ich habe viel zu tun, junge Dame", sagt er und blickt Jules an.

Sie lächelt und setzt sich mit zurückgezogenen Schultern auf, als wäre sie stolz auf ihre Leistung.

Ich öffne meinen Mund und schließe ihn dann wieder. Ich muss vorsichtig sein, was ich sage. Als ich Jules zum Praktikum einlud, wusste ich nicht, dass ihr Vater der Besitzer des Resorts ist.

Ich weiß über Logan Henderson, dass er Milliardär ist. Es ist eine beträchtliche Summe neues Geld, und er ist Single. Obwohl ich das letzte nur vermute, da er keinen Ehering trägt.

Ich kann nichts vermuten. Er könnte die Größe ändern lassen.

Jules hat ihre Mutter nicht erwähnt, und jetzt ist auch nicht der richtige Zeitpunkt, sie zu fragen.

„Es tut mir leid wegen vorhin", sage ich und blicke Logan an, in der Hoffnung, dass wir die Unbehaglichkeit hinter uns lassen können.

Eine Kellnerin kommt und bringt drei Gläser Wasser, Besteck und die Speisekarten.

Logan greift nach seinem Glas und nimmt einen Schluck, wobei seine Augen meine nicht verlassen. „Machen Sie weiter", sagt er.

Ich hatte nicht vor, das näher auszuführen, aber wenn er eine große Entschuldigung will, werde ich sie ihm geben, um sein Ego zu streicheln. Obwohl das nicht das Einzige ist, was ich gerne streicheln würde.

Ich beiße mir auf die Unterlippe und versuche, die abwegigen Gedanken zu bändigen.

Er hat eine Tochter im Teenageralter. Nach meinem Kenntnisstand könnte er glücklich verheiratet sein. Aber seine Frau ist nicht zum Essen gekommen.

Interessant.

Vielleicht *ist* er Single.

Als ich nichts sage, hebt Logan eine Augenbraue. „Sie haben gesagt", drängt er mich, meine Entschuldigung fortzusetzen.

Bastard.

Ich möchte mich fast nicht weiter entschuldigen, denn wenn er sein Ego gestreichelt haben will, was für ein Mann ist er dann?

„Ich wollte sagen, dass es mir leidtut, dass ich vorhin zu viel geredet habe. Manchmal ist mein Mundwerk schneller, als mein Kopf denkt."

Jules gluckst. „Ich mag sie, Dad."

„Ja, das würdest du", murmelt er.

Ich stoße einen kräftigen Seufzer aus. Ich habe ihn nicht zum Essen eingeladen, um mit ihm zu streiten. Genau genommen habe ich *ihn* nicht zum Essen eingeladen. Ich habe Jules Vater eingeladen. Mir war nur nicht klar, dass es ein und dieselbe Person ist.

Igitt. Wie peinlich. Es wäre besser, wenn ich mich ohne Ausrüstung die Skipisten hinunterstürzen würde. Meinen Knöchel sollte ich für das Team opfern. Nun, vielleicht meinen ganzen Körper.

„Wie auch immer", sage ich und versuche, das Thema zu wechseln, „Ihre Tochter hat mir erzählt, dass sie sich dafür interessiert, was ich beruflich mache."

Logan nippt noch einmal an seinem Wasser, und als er es auf dem Tisch abstellt, verdichten sich seine Augen. „Ich würde das, was Sie tun, nicht als Berufswahl bezeichnen. Sagen Sie meiner Tochter, dass man damit nicht seinen Lebensunterhalt bestreiten kann, dass Sie von der Hand in den Mund leben und es da draußen bessere Möglichkeiten gibt."

Seine Unverblümtheit verblüfft mich. „Sie sehen auf das, was ich tue, herab", sage ich.

„Wie ich schon sagte, kann man davon nicht leben."

„Ich lebe bequem", sage ich. „Es war nicht einfach, und die Freiberuflichkeit hat in meinem Fall nicht viel gebracht, aber wenn man sich für die richtige Agentur oder Firma entscheidet, kann man sechsstellig verdienen."

„Setzen Sie Julianna nicht solche wilden Ideen in den Kopf ", sagt Logan. „Sie wird auf keinen Fall sechsstellig im Jahr verdienen."

„Wollen Sie meine Kontoauszüge sehen?", erwidere ich. Ich habe nicht vor, sie ihm zu zeigen, auch wenn er Ja sagt.

Sein Gesichtsausdruck ist grimmig, und seine Nasenflügel blähen sich auf. „Das ist nicht nötig."

„Sie mögen mich nicht, Mr. Henderson."

„Wie kommen Sie darauf? Sie haben den Laden beleidigt, unsere Umgestaltung, oder haben Sie sich auf den Boden geworfen, um Aufmerksamkeit zu bekommen?"

Ich spotte über seine Andeutung. „Ich habe vielleicht angedeutet, dass die Preise in Ihrem Geschäft überdurchschnittlich hoch sind und die Unterscheidung zwischen Ski-Resort und Skigebiet verwirrend war. Aber ich habe mich nicht auf den Boden geworfen, um die Aufmerksamkeit von irgendjemandem zu bekommen, schon gar nicht von Ihnen."

Logan steht auf.

„Papa, wo gehst du hin?", fragt Jules mit brüchiger Stimme.

„Wo ich hätte hingehen sollen, nachdem ich deiner Freundin Eis besorgt hatte", spottet er.

Ich öffne meinen Mund, schließe ihn aber schnell wieder. Es ist klar, dass ich heute Abend kein Interview bei ihm bekommen werde. Der Mann ist verdammt launisch und nervig. Es hilft nicht, dass er gut aussieht, mit seinem dunklen Haar und seinem Bart. Ich schwöre, dass sein Bart länger ist als die Haare, die er auf dem Kopf trägt.

Er ist heiß, aber er ist nicht mein Typ.

Arrogant.

Ungestüm.

Ein Milliardär.

Ja, ich bin nicht hinter Männern her, schon gar nicht hinter solchen, die mich verachten. Und Bergmuffel hasst mich abgrundtief. Er könnte durchaus ein Mann aus den Bergen sein, der sich zurückzieht und die Zivilisation meidet. Das würde besser passen als der Mann, der ein Skigebiet leitet.

Wie zum Teufel ist er hier gelandet und besitzt das Blue-Sky-Resort?

Vielleicht geht es in der Geschichte nicht um das Resort, sondern um den Mann dahinter. Würde mir das helfen, mich für den Vlog zu begeistern?

Ich lasse Bergmuffel davonlaufen, und Jules sieht verzweifelt aus.

„Es tut mir so leid, Cali."

„Es ist in Ordnung", sage ich und hebe meine Hände. Das Mädchen braucht keine Erklärung. „Aber könntest du mir einen Gefallen tun?"

Ihre Augen leuchten auf. „Alles."

„Ich muss ein paar Videos für den Vlog machen. Kannst du mir dabei helfen?", frage ich. Ich weiß nicht, wo ich am besten filmen kann, und ich würde gerne ein paar Aufnahmen hinter den Kulissen machen. Mit Jules Hilfe habe ich vielleicht Zugang zu einigen Räumen, in die ich normalerweise nicht gehen könnte.

„Natürlich, aber wir dürfen es meinem Vater nicht sagen."

Ich spitze die Lippen und tue so, als würde ich sie schließen.

Wir sollten keine Geheimnisse vor ihrem Vater haben. Das ist ein schlechter Anfang, um sein Vertrauen zu gewinnen und ein persönliches Gespräch zu bekommen.

Aber ich brauche die Hilfe von Jules noch, da ich meinen Knöchel nicht belasten kann.

„Das ist in Ordnung. Ich glaube, dein Vater mag mich nicht besonders."

Sie gluckst. „So ist er zu allen, nicht nur zu dir."

Ich möchte sie fragen, wie es um ihn steht und ob er Single ist, aber das scheint mir nicht angebracht. Warum muss ich das überhaupt wissen, abgesehen von einer schmerzhaften Neugierde? Er ist hinreißend, mit seinen Tätowierungen und seiner Schroffheit. Er hat etwas Rohes und Sexuelles an sich, das mir weiche Knie macht.

Das könnte der Grund sein, warum ich über meine eigenen Füße gestolpert bin. Ich habe über meine Schulter geschaut. Ich dachte, ich hätte ihn im Flur gesehen, aber ich hatte mich geirrt. Es war jemand anderes in blauen Jeans und einem dunkelgrauen T-Shirt.

Der Mann ist absolut sündhaft.

Solche Gedanken sollte ich über ihn nicht haben.

Er ist arrogant.

Dickköpfig.

Eine Qual für die Katz.

Auch wenn er mich den Gang hinuntergetragen und ganz sanft an dem Tisch abgesetzt hat, wird mir bei der

Erinnerung warm ums Herz, und mein Magen füllt sich mit Schmetterlingen.

„Geht es dir gut, Cali? Dein Gesicht ist ganz errötet."

Ich greife nach meinem Wasserglas, in der Hoffnung, mich abzukühlen. „Mir geht's gut. Es ist nur schon eine Weile her, dass ich etwas gegessen habe." Oder flachgelegt wurde. Aber den letzten Gedanken lasse ich beiseite.

3

LOGAN

ICH BIN HEUTE MORGEN vor dem Sonnenaufgang aufgestanden.

„Papa." Julianna schlüpft im Schlafanzug in mein Büro. Sie trägt eine übergroße Flanellhose und ein dunkelrotes Oberteil, das zu dem Ensemble passt. Ihre Augen sind schwer, und sie hat eine Tasse Kaffee in der Hand.

Ich könnte heute Morgen auch meinen Koffein-Schub gebrauchen.

Ich blicke von meinem Papierkram auf und gehe die Zahlen schon zum dritten Mal durch. Ich habe einen Buchhalter, der mir hilft und alles doppelt prüft, aber ich ziehe es vor, die Kontrolle über die Zahlen zu behalten, denn ich muss wissen, wie viel Ein- und Ausgaben es regelmäßig sind.

„Ja?", frage ich, als sie mich von meiner Arbeit wegzieht.

„Ist es okay, wenn ich heute eine Freundin aus der Schule einlade?"

Ein breites Lächeln huscht über mein Gesicht. „Ich würde mich freuen, einen deiner Freunde kennenzulernen." Seit wir im Sommer hierhergezogen sind, hat Julianna nicht viele Freunde gefunden, und wenn doch, dann war sie außerhalb des Unterrichts nicht mit ihnen zusammen. Aber es sind Winterferien, also hoffe ich, dass sie in den nächsten zwei Wochen mehr als nur im Resort arbeitet.

„Izzie ist cool, und sie sagt, sie kann Snowboard fahren."

„Ein Elternteil von ihr muss eine Haftungsverzichtserklärung unterschreiben", sage ich.

„Ich weiß, Papa. Du musst dir keine Sorgen machen. Izzie ist wirklich gut auf der Piste."

„Trotzdem braucht sie die Erlaubnis eines Erziehungsberechtigten und das ausgefüllte Formular."

Julianna rollt mit den Augen und stöhnt. „Gut. Ich werde dafür sorgen, dass sie es machen lässt."

„Und ich würde gerne ihre Eltern kennenlernen."

„Ach du meine Güte! Warum musst du so kleinlich sein?"

„Zusammenzucken?", frage ich und schüttle den Kopf. Ich lege meinen Stift weg und stütze meine Hände auf meinen Schreibtisch. Wann ist meine Tochter im Teenageralter so anstrengend geworden?

„Wie, du weißt schon, peinlich?"

Ich stehe auf und gehe um den Schreibtisch herum. „Mit fünfzehn sind alle Eltern zum Kotzen." Ich umarme meine Tochter, und sie stöhnt, als wäre es eine Qual.

„Nicht alle. Die Eltern von Izzie sind cool. Ihr Vater arbeitet für diese Ermittlungsfirma. Sie sind Privatdetektive, sie retten Menschenleben."

Ich lockere meinen Griff um Julianna. „Wie heißt ihr Vater?"

„Ich weiß es nicht. Sie arbeiten beide für die Firma."

„Wenn ihre Mutter oder ihr Vater sie im Resort absetzen, würde ich sie gerne kennenlernen."

„Gut." Sie rollt mit den Augen und verlässt mein Büro.

Der Geruch von Juliannas Kaffee durchdringt den kleinen Raum, auch wenn sie nicht da ist. Ich nehme meinen leeren Becher und gehe hinunter in die Lounge.

Cali sitzt gegenüber der Kaffeemaschine, ein Buch in der Hand. Ihr dunkles Haar umrahmt ihre Gesichtszüge, und ich versuche, mich vorbeizuschleichen, ohne sie begrüßen zu müssen.

„Nochmals vielen Dank für die Hilfe gestern Abend", sagt sie.

Ich werfe einen Blick über die Schulter, als sie ihr Buch zur Seite legt und ein strahlendes, sonniges Lächeln zeigt.

„Es war nichts." Ich gebe den Code in die Kaffeemaschine ein und warte darauf, dass sie einen Latte brüht.

„Es war nicht umsonst, mich über den Flur zu tragen", sagt sie und besteht darauf, dass ich ihre Wertschätzung anerkenne.

„Wie geht es Ihrem Knöchel heute Morgen?", frage ich. Sie hat ihren Fuß auf den Ottomanen gelegt, aber sie kühlt ihn nicht.

„Besser." Sie hebt ihr Hosenbein an, um eine elastische Binde zum Vorschein zu bringen. „Ich neige dazu, ungeschickt zu sein." Ihr Lächeln erhellt den Raum, und ich möchte nur noch zurück in die Dunkelheit meines Büros verschwinden.

Warum bin ich so deprimiert? Der Umzug sollte mir helfen, mich neu zu orientieren und Jess hinter mir zu lassen, die Frau, die mir das Herz gebrochen hat, als ich sie mit einem anderen Mann in meinem Bett erwischte.

Ich erzwinge ein Lächeln. „Sie sollten sich im Laden ein Paar flache Schuhe kaufen."

„Nein, danke. Ich muss nicht für ein Paar überteuerte und unbequeme Schuhe in Ihrem Laden Geld ausgeben."

„Sie sind eigentlich ganz bequem. Julianna hat mir geholfen, die Hausschuhe und Stiefel für Frauen auszusuchen, die wir verkaufen."

„Nun, dann muss ich wohl einen Blick darauf werfen, wenn Ihre Tochter für die Ware verantwortlich ist."

Sie lässt ihren Fuß von der Ottomane gleiten und deutet mir an, ich soll mich setzen.

Denkt sie, ich unterhalte mich gerne mit ihr? Ich greife nach meinem fertigen Milchkaffee und überlege, ob ich ihn gegen schwarzen Kaffee austauschen soll. Es gibt nur eine bestimmte Menge an Süße, die ich an einem Morgen ertragen kann, und Cali gewinnt diesen Preis.

„Setzen Sie sich." Cali gibt mir ein Zeichen, mich zu ihr zu setzen.

„Ich muss arbeiten", sage ich und schaue auf meine Uhr.

„Sie werden immer Arbeit haben. Nehmen Sie sich einmal Zeit für ihre Gäste."

Ich stehe ihr gegenüber, atme schwer aus und nippe an meinem Getränk. „Sie sollten ihren Knöchel hochlegen. Ich setze mich nicht."

„Na schön", sagt sie verärgert und stützt ihren Fuß wieder auf der Ottomane ab. „Sind Sie immer so schwierig?"

„Sind Sie immer so anspruchsvoll?", scherze ich.

Ein breites Grinsen huscht über ihr Gesicht. „Ja, ganz bestimmt. Mir ist klar, dass wir nicht gerade mit dem richtigen Fuß aufgestanden sind." Sie zieht eine Grimasse bei ihren Worten. „Können wir von vorn anfangen?"

„Das ist keine große Sache", sage ich.

„Für mich ist es das. Ihre Tochter ist klug und hat einige tolle Ideen. Sie hat mir ihre Videos auf dem

Handy gezeigt, und ich möchte sie unbedingt als Praktikantin bei mir haben."

„Und ich will nicht, dass sie ihr Talent als Influencerin verschwendet. Ich bin froh, dass es bei Ihnen geklappt hat, aber meine Tochter braucht mehr Struktur. Sie kann nicht Schmetterlingen hinterherjagen und den nächsten großen Schrei an junge Leute vermarkten."

„Glauben Sie, dass ich das tue?", fragt Cali. Sie zieht die Stirn in Falten, und ich bin mir sicher, dass ich sie beleidigt habe, wenn auch unabsichtlich. Sie kann nichts dafür, was sie beruflich macht.

„Ich habe schon mit Influencern gearbeitet. Sie sind alle jung und intelligent, denken aber, dass die Anzahl ihrer Follower mit ihrem Selbstwertgefühl zusammenhängt. Das möchte ich für meine Tochter nicht."

„Lassen Sie mich Sie interviewen, dann können Sie sich ein fundiertes Urteil über meinen Job bilden."

„Sie bekommen kein Interview", sage ich und trinke den Rest Kaffee in einem Zug aus. „Sie haben bessere Chancen, ein Video von einem Bären zu drehen, der auf einem Snowboard den Hang hinunterfährt, als dass ich mit Ihnen vor der Kamera rede."

Sie zuckt mit den Schultern und grinst.

Sie hält mich für witzig.

„Ich werde mich um das Gespräch kümmern, Herr Henderson."

Ich mache mir nicht die Mühe, sie zu korrigieren und ihr zu sagen, dass sie es nur über meine Leiche tun wird. Ich gehe nicht in die Medien. Ich spreche nicht mit der Presse. Ich hasse es, im Zentrum der Aufmerksamkeit und im Rampenlicht zu stehen.

„Ich muss arbeiten", sage ich und verlasse die Lounge, ohne mich zu verabschieden.

Als ich ging, hätte ich schwören können, dass ich die Hitze ihres Blicks spüre.

„Papa!" Julianna stößt mit mir zusammen, als sie um die Ecke biegt. „Ich habe dich schon gesucht. Izzie ist mit ihrer Mutter hier."

Ich folge Julianna durch den Flur zum Haupteingang. Izzie sieht etwas punkig aus mit ihrer schwarzen Lederjacke und dem Jeansrock. Sie hat dicken schwarzen Eyeliner aufgetragen, der ihre blauen Augen hervorhebt.

„Hi, ich bin Logan", sage ich und strecke meine Hand aus, um mich vorzustellen.

„Ariella", sagt die Frau, „das ist meine Tochter Izzie".

„Stieftochter", sagt Izzie und lächelt. „Bitte sagen Sie nicht, dass wir uns ähnlich sehen."

Das würde ich mir nicht träumen lassen. Das Kind ist ein Punk, und die Frau hat alle Hände voll zu tun. Ich kann das nachvollziehen. Muss ich mir Sorgen machen, dass diese Phase auf meine Tochter abfärben könnte?

„Izzie erwähnte, dass ich eine Erlaubniserklärung unterschreiben muss?"

Ich grinse. „Wir sind hier nicht in der Schule, aber ich brauche einen Erziehungsberechtigten, der eine Haftungsverzichtserklärung unterschreibt. Das ist eine Voraussetzung für alle Gäste."

„Das ist gut. Gehen Sie voran."

Ich begleite sie zu unserem Check-in-Schalter, wo die Gäste normalerweise für eine Tageskarte bezahlen müssen. Ich hole die Formulare hinter dem Schalter hervor und reiche sie Ariella. „Kommen Sie beide heute mit?"

„Nein, nur ich", sagt Izzie und sieht zu, wie ihre Stiefmutter die Formulare ausfüllt. „Ich mache das schon, seit ich ein kleines Kind war."

Nachdem Ariella gegangen ist, sorge ich dafür, dass die Mädchen sich wohlfühlen, wenn sie allein auf die Piste gehen. Izzie hat schon viele Stunden im Skigebiet mit dem Snowboard verbracht, lange bevor ich den Ort besaß. Es ist eine Erleichterung, sich keine Sorgen um sie machen zu müssen.

Ich erinnere die beiden Mädchen daran, auf den Wegen zusammenzubleiben, bevor ich mich auf den Weg mache, um nach dem Rest des Personals zu sehen.

Cali geht in den Laden, und ich beobachte sie von der anderen Seite des Flurs, ich bin gespannt, ob sie wieder einen Anfall wegen unserer Preise bekommt.

Ich sollte zurück in mein Büro gehen und die Frau ignorieren, die mir nichts als Kopfschmerzen bereitet.

Wenigstens ist Julianna heute mit ihrer Freundin abgelenkt und jammert nicht über Cali und ihre Social-Media-Präsenz. Vielleicht sollte ich mich in meinem Büro einschließen und nicht zurückkehren, bis diese Frau das Resort verlassen hat.

Wenn sie mit einer Schachtel in der Hand auf die Kasse zugeht, ist das für mich ein gutes Zeichen, dass sie nicht streitlustig gegenüber meinem Personal ist.

„Stehst du immer auf dem Flur und starrst hübsche Frauen an?", fragt Wyatt.

Ich starre meinen Bruder an. „Ich weiß nicht, wovon du redest."

Ist es so offensichtlich?

„Lügner", sagt Wyatt und lacht. „Jules hat mir von deinem kleinen Streit mit Cali Sinclair erzählt. Beabsichtigst du sie mit Alkohol abzufüllen, um sie zu überreden, einen Artikel über diesen Ort zu schreiben?"

„Das wäre unethisch", murmele ich.

„Aber eine ganze Menge Spaß", scherzt Wyatt. „Ich habe dich schon lange nicht mehr so fasziniert von einem Mädchen gesehen, seit – na ja, offen gesagt – noch nie."

Ich ziehe eine Augenbraue hoch und drehe mich zu ihm um.

Ich sage es nicht, aber er tut es.

„Jess war nicht die richtige Frau für dich. Ja, sie hat dir Julianna geschenkt, aber das war's. Du verdienst es, glücklich zu sein."

Ich ärgere mich über seine Bemerkung. Ich habe nichts verdient. „Können wir nicht mehr über Jess reden?" Wenn ich ihren Namen auf der Zunge habe, wird mein Magen sauer.

Wyatt grinst, als hätte ich gerade den Köder geschluckt. „Wirst du *sie um ein* Date bitten? Denn wenn du immer noch nicht an einem Date interessiert bist, würde ich gerne mit ihr ausgehen."

Ich knurre und packe sein Hemd, stoße ihn mehrere Schritte zurück und schiebe ihn gegen die Wand. „Du bist ein Arschloch", höhne ich.

„Weil ich ein Mädchen mag?", fragt Wyatt.

„Dafür, dass du ein Treffen vorgeschlagen hast. Du kennst sie doch gar nicht. Sie könnte verheiratet sein."

„Jules sagt mir, dass sie es nicht ist."

Das erregt meine Aufmerksamkeit. Warum zum Teufel kennt meine Tochter den Status von Calis Liebesleben? „Trotzdem, mein Geschäft ist kein Bordell. Behalte deinen Schwanz in der Hose."

„Wow, nur weil du nicht flachgelegt wirst, musst du das nicht am Rest von uns auslassen." Wyatt grinst und lehnt sich näher heran. „Wenn du sie für dich haben willst, hättest du das nur sagen müssen. Ich habe noch nie gesehen, dass du eifersüchtig bist, und das steht dir nicht besonders gut."

„Geh wieder an die Arbeit", schnauze ich und trete von ihm weg.

Calis leise Schritte kommen näher, als ich mich umdrehe und sie auf mich zukommen sehe. „Sind Sie immer so ein Miesepeter zu all ihren Mitarbeitern?"

Wyatt wirft einen Blick über die Schulter, um einen Teil des Gesprächs mitzubekommen, und ich rufe ihm zu, weiterzugehen.

„Dieser Angestellte ist mein Bruder", murmle ich.

„Oh wow." Cali's Augen leuchten auf. „Ist er auch Teilhaber?"

Wenn sie ihn zu einem Gespräch einlädt und er annimmt, werde ich ihn auf unbestimmte Zeit zur Toilettenreinigung verdonnern.

„Nein. Er arbeitet für mich." Ich räuspere mich und lenke das Gespräch von Wyatt ab. „Neue Schuhe?"

Sie zieht pelzgefütterte Stiefel heraus. Sie sind flach, was sie vor einer weiteren Verletzung bewahren sollte. Sie sind beige und modisch. Nichts, was sie auf der Piste tragen könnte, aber ich erwarte nicht, dass sie nach ihrer kürzlichen Knöchelverletzung in nächster Zeit rausgeht.

„Ich habe Ihren Rat befolgt und mir ein Paar gekauft. Ich habe auch Ihren Rabatt genutzt."

„Meinen was?"

„Sie wissen schon, der Rabatt für das Schlafen mit dem Chef?" Sie grinst und zwinkert mir zu, bevor sie sich umdreht und den Flur hinuntergeht.

Mir fällt die Kinnlade herunter, und es dauert eine Minute, bis ich zu ihr aufgeschlossen habe. Ich bin fassungslos über ihre Bemerkung. „Wir haben nicht miteinander geschlafen. Haben Sie sich am Kopf gestoßen?" scherze ich, als ich sie einhole.

„Nein, aber ich habe einen schönen Rabatt bekommen." Calis Lächeln ist strahlend. „Und Ihr Angestellter hinter der Kasse hat sich sehr schlecht gefühlt. Anscheinend sind Sie bei allen Ihren Angestellten ein Nörgler."

„Das ist nicht wahr." Warum quält mich diese Frau? Hat Wyatt sie dazu angestiftet? Vielleicht hat er sie angeheuert, im Resort aufzutauchen, um mir das Leben zur Hölle zu machen. Ich würde es ihm zutrauen, dass er versucht, mich flachzulegen.

„Du glaubst es nicht? Geh und frag ihn", sagt sie. Cali lächelt, und irgendwie lässt sie sich von meiner mürrischen Art nicht beeindrucken. Als ob sie immun gegen mich wäre. Wahrscheinlich ist das auch besser so. Ich würde sie ruinieren, wenn ich die Chance dazu bekäme.

„Ich brauche ihn nicht zu fragen. Wenn Sie so weitermachen, werde ich Sie bitten müssen, das Resort zu verlassen."

„Sie können mich nicht rausschmeißen. Wenn Sie das tun, werde ich eine vernichtende Kritik für Ihr Resort verfassen."

Die Frau bedroht mich. Ich bin entsetzt, dass sie denkt, sie hätte die Macht, mich zu Fall zu bringen. „Viel Glück beim Versuch, jemanden dazu zu bringen, Ihren kleinen Blog zu lesen."

„Sie wissen wirklich nicht, wer ich bin", sagt Cali.

„Muss ich das?", frage ich. Julianna hat es gestern erwähnt, aber ich kann mich nicht erinnern und es interessiert mich auch nicht.

Sie lächelt mit zusammengekniffenen Lippen, sagt aber nichts weiter. „Das macht nichts." Sie geht den Flur entlang, und es ist unmöglich, nicht auf ihren perfekten Hintern zu starren, während sie die Hüften schwingt.

Ich schwöre, sie tut das, um meine Aufmerksamkeit zubekommen, und es funktioniert. Ich muss mich von ihr fernhalten. Sie ist eine Ablenkung, mit einem Körper, der perfekt zu meinem passen würde, ich möchte sie unter mir festzunageln, und ihr zeigen, wer das Sagen hat.

Ich wette, sie stöhnt laut, wenn sie kommt, der Schweiß bedeckt jeden Zentimeter ihrer nackten Haut, der Kopf ist nach hinten geneigt, die Augen sind geschlossen.

Ich kann nicht zulassen, dass sie mich beeinflusst und in meinen Kopf eindringt. Es ist nicht angebracht, mit ihr zu schlafen. Sie ist ein Gast, und ich leite das Resort. Das ist die letzte Art von Kritik, die ich gebrauchen kann: *Gut aussehender Milliardär-Bachelor gibt private Führungen im Blue-Sky-Resort. Rechne damit, dass sich dein Höschen in einen Knoten verwandelt, wenn er dich fesselt und von der Piste schickt.*

Cali schlendert an der Ausrüstungsvermietung vorbei, die Wyatt leitet. Er lächelt sie an, und ich möchte ihn anknurren, weil er sie beachtet hat.

Sie gehört mir.

4

CALI

ICH HABE dem Jungen an der Kasse zwar nicht gesagt, dass ich mit Logan schlafe, aber ich habe gefragt, ob es einen Rabatt für Freunde und Familie gibt.

Um es kurz zu machen: Es gab keinen.

Die Schuhe sprengen mein Budget bis zu meinem nächsten Gehaltsscheck, aber dieses Mal muss ich etwas mehr ausgeben. Ich kann nicht noch eine Knöchelverletzung riskieren, und ich neige dazu, meine Knöchel in Stöckelschuhen zu verdrehen.

Warum zum Teufel hielt ich es für klug, in einem Skigebiet Absatzschuhe zu tragen?

Mein Telefon summt, als ich zurück in mein Zimmer gehe, um meine neuen Schuhe abzustellen. Ich werfe einen Blick auf den Anrufer. Es ist Bridget, meine Chefin.

Sie ruft wahrscheinlich an, um sich nach dem Stand meines Gesprächs zu erkundigen. Ich habe seit meiner Ankunft nichts online gepostet, was nicht gut ist. Sie möchte, dass unsere Konten aktiv sind, und da wir normalerweise mehrmals am Tag etwas posten, tute ich uns keinen Gefallen, wenn ich die sozialen Medien ignoriere.

„Hallo", antworte ich und beiße mir auf die Unterlippe.

„Cali, wie läuft's? Ich habe keine Online-Aktivitäten von dir gesehen."

Sie kommt direkt zur Sache. Ich reibe mir die Augen. Ich würde mich lieber hinlegen und ein Nickerchen machen, als mich jetzt vor die Kamera zu stellen und ein Video zu drehen. Und Logan wird sich freiwillig nicht von mir filmen lassen.

Seine Tochter ist minderjährig. Ich hätte sie zwar gern als Helferin, aber ohne seine Erlaubnis kann ich sie nicht vor die Kamera holen. Wir wollen nicht verklagt werden.

„Ich habe versucht, mit dem Besitzer Kontakt aufzunehmen."

„Logan Henderson?", fragt Bridget. „Ist es so schwer an ihn heranzukommen?"

„Oh, er ist ständig unterwegs ", sage ich ein wenig zu laut.

„Was ist das, Cali?"

Ich ziehe eine Grimasse und atme tief ein.

Ausatmen.

Ich versuche, meine Gedanken zu ordnen, bevor ich gefeuert werde. „Logan ist großartig. Er ist nur nicht an einem Gespräch mit uns oder jemand anderem interessiert."

„Es ist mir egal, wie Sie das Gespräch bekommen, aber ich habe Sie nicht für einen Gratis-Urlaub in den Ferienort geschickt. Machen Sie Ihre Arbeit."

Ich verdrehe die Augen und bin dankbar, dass sie meinen Gesichtsausdruck nicht sehen kann. „Ich tue, was ich kann, um bei Herrn Henderson anzukommen. Im Moment arbeite ich an einer Sache."

„Was für ein?" Bridget wird hellhörig, als sie hört, dass ich arbeite und Informationen sammle.

„Er hat eine Tochter. Sie ist fünfzehn und weiß, wer ich bin."

„Interessant." Ich schwöre, ein Grinsen ziert ihr Gesicht. „Nutze es. Ist er Single?"

„Ich weiß es nicht." Ich habe keinen Ehering gesehen, aber das heißt nicht, dass er nicht an seiner Tochter hängt. Ich schweige über den Vorfall mit den Schuhen im Laden, und, dass ich Logan erzählt habe, dass ich dem Verkäufer gesagt habe, ich soll die Schuhe umsonst bekommen, weil ich mit dem Besitzer geschlafen habe.

Nicht mein bester Moment.

Ich habe versucht, mit ihm zu flirten. Der Mann ist umwerfend, mit Tattoos auf seinen Armen und einer grüblerischen Persönlichkeit. Ich kann nicht umhin, mir vorzustellen, wie es sein muss, wenn er im Schlafzimmer dominiert. Er scheint nicht die Art von Mann zu sein, der es langsam angehen lässt oder sanft ist.

Ich beschwere mich nicht. Am liebsten würde ich mich unter ihn legen, die Arme um seinen Hals, die Beine um seine Hüften und ihn wie einen Schraubstock festhalten.

Ich drehe die Heizung in meinem Hotelzimmer herunter. Es ist stickig.

„Finden Sie es heraus, und wenn er es ist, laden Sie ihn auf einen Drink ein. Sie können es auf der

Firmenkarte vermerken. Aber ich brauche dieses Gespräch."

„Er wird sich nicht filmen lassen", sage ich.

„Das ist in Ordnung. Er muss nicht vor der Kamera stehen. Ich meine, es wäre besser, wenn du eine Aufnahme von ihm machen könntest, wie er tropfnass aus dem Hotelpool kommt. Ich habe sein Bild gesehen, Cali. Der Mann ist eine reine Augenweide."

Ich beiße mir auf die Zunge, um nicht zu sprechen und ihr zu sagen, dass er nicht nur gut aussieht, sondern auch grummelig ist. Aber das hilft mir in meiner Situation nicht weiter. „Schlagen sie vor, dass ich den Pool stalke?" Ich scherze nur ein wenig. Ich könnte den ganzen Nachmittag im Badeanzug herumliegen und lesen und darauf warten, dass Logan sich blicken lässt.

„Tu, was du tun musst."

Schwimmt der Mann im Hotelpool? Vielleicht hat er oben in der Penthouse-Suite, in der er wohnt, einen kleinen Pool.

Ich frage mich, ob es eine Möglichkeit gibt, nach oben zu kommen und es zu überprüfen? Julianna wird mich sicher nicht nach oben lassen, und Logan wird mich auf keinen Fall in seine Suite einladen. Eher lässt er mich draußen im Schnee schlafen.

Ich lege auf und ziehe meinen Badeanzug unter meine Kleidung. Nur für den Fall, dass ich die Gelegenheit bekomme, ein seltenes Foto von Logan Henderson in der Badehose zu machen. Obwohl ich irgendwie hoffe, dass er es vorzieht, nackt zu schwimmen.

Allerdings ist das in einem Hotelpool, in dem sich die Gäste aufhalten dürfen, nicht sehr wahrscheinlich.

Ich schnappe mir ein Handtuch und gehe hinunter zum Pool. Ein paar lärmende Kinder schwimmen und planschen und durchnässen die Liegestühle. Die meisten von ihnen sind noch recht jung, und ihre Eltern sind im Zimmer und beaufsichtigen sie nicht gerade.

Um nicht von den Kindern durchnässt zu werden, gehe ich den Flur entlang und sehe Logan im Fitnessraum. Er stemmt Gewichte, und ich kann nicht anders, als am Glasfenster stehenzubleiben und ihn anzustarren.

Die Sekunden vergehen, und ich sollte weitergehen. Aber ich tue es nicht. Er ist gutaussehend und verdammt sexy. Sein Gesicht ist rot, die Adern an seinen Armen wölben sich bei jeder Bewegung.

Das ist nicht die einzige Ader, die ich für prall halten würde. Ich sollte nicht so unerlaubte Gedanken über

Logan haben. Er macht nur Ärger. Es ist absolut tabu, mit dem Besitzer eines Resorts zu schlafen, das würde nur meine Beurteilung beeinflussen. Das wäre unprofessionell.

Es sei denn, ich würde eine Rezension über seinen Sexappeal oder seine Leistungen im Bett schreiben.

Logan Henderson ist ein Geber. Der Mann ist ein glorreicher Brummbär mit einer 3:1-Bilanz, mehr Orgasmen zu geben als zu empfangen. Unter seinem harten und spießigen Äußeren, das er tagsüber zur Schau stellt, ist er nachts ein wilder Löwe in den Laken, auf der Suche nach seiner Löwin, die er festhalten und verschlingen kann.

Er ist ein Biest, und je länger ich ihn anstarre, desto schuldbewusster sehe ich aus, als er meinen Blick auffängt. Ich öffne den Mund, und denke, dass meine Augen weit aufgerissen sein müssen wie die einer Hirschkuh, und eile den Gang hinunter, wobei ich so tue, als ob ich ihn nicht gesehen hätte.

Besteht die Möglichkeit, dass er es nicht bemerkt hat?

Mit meinem Handtuch in der Hand gehe ich zu den Aufzügen, und Jules winkt mir aufgeregt zu. Sie ist nicht allein. Neben ihr steht ein Mädchen in ihrem Alter, aber mit dunkleren Haaren und einer Gothic-Punk-Erscheinung. Das Mädchen könnte wirklich in einer Band sein. Sie strahlt eine Rockstar-Atmosphäre aus.

„Cali!", sagt Jules. „Das ist meine Freundin, Izzie."

Izzie grinst schief und rümpft die Nase. „Freundin?"

„Was?", fragt Jules und blickt zu ihrer Freundin zurück.

„Ich dachte, wir sagen es niemandem. Das war nur zwischen uns", zischt sie ihr zu.

„Entspann dich, sie ist cool, und sie wird es meinem Vater nicht sagen. Er hasst sie."

Izzie kichert und schiebt ihre Hände in die Taschen. „Gehst du zum Pool?" Sie nickt in Richtung des Handtuchs in meiner Hand.

Es ist trocken, genau wie der Rest von mir. Na ja, das meiste von mir. Logan anzustarren hat mich nicht gerade zu einer Heiligen gemacht.

Ich könnte ein Bad gebrauchen um mich abkühlen, wenn da nicht ein Haufen kleiner Kinder drin wäre. „Das wollte ich auch, aber ich wurde abgelenkt", sage ich, während sie mich zum Schwimmbad und zurück durch den Flur führen, wo ich Logan gerade beim Gewichtheben beobachtet habe.

Er kommt ohne Hemd aus dem Fitnessraum, ein Handtuch um den Hals geschlungen.

Versucht der Mann, mir einen Herzinfarkt zu verpassen?

Ich stolpere über meine Füße und achte auf nichts anderes als auf den Mann mit den steinharten Bauchmuskeln. Ist das das Einzige, was steinhart ist?

Ich stürze nach vorn, als ich den Boden unter den Füßen verliere. Aber Logan fängt mich auf, legt seinen Arm um meine Taille, zieht mich an seine Brust und lässt mich nicht zu Boden fallen.

„Danke", sage ich.

Und als ob es mir nicht schon peinlich genug wäre, werde ich jetzt auch noch gedemütigt.

„Ich sollte gehen." Ich versuche, mich aus seinen Armen zu befreien, aber er lässt mich nicht los.

Er blickt auf meine Füße hinunter. Die Stiefel, die ich gerade gekauft habe, sitzen fest. „Sind die Stiefel zu groß?", fragt er, und seine Hände gleiten von meiner Taille hinunter zu meinen Füßen, um zu prüfen, ob meine Zehen in den Schuhen zu viel Platz haben.

„Sie passen gut", sage ich.

Ein paar Gäste in der Nähe erschrecken bei diesem Anblick, und ich atme scharf ein.

Sie zücken ihre Kameras, als wollten sie uns einen Gefallen tun, indem sie dieses Ereignis aufzeichnen. Aber es ist nicht so, wie sie denken. Er mag auf die Knie fallen, aber er macht keinen Heiratsantrag.

Er drückt mit zwei Fingern auf die Oberseite meiner Sohlen und stellt fest, dass die Stiefel tatsächlich richtig sitzen.

Logan blickt auf und bemerkt die Gäste, die sich im Flur drängen und uns beobachten. „Hier gibt es nichts zu sehen." Mit einer Geste schickt er sie weg, aber erst als er aufsteht, nehmen sie ihn beim Wort und machen sich fröhlich auf den Weg.

Jules und ihre Freundin Izzie lächeln und kichern, bevor sie den Flur hinuntereilen und uns beide zurücklassen.

„Nun, das war peinlich", sage ich und drücke das makellose weiße Handtuch an meine Brust.

„Die Leute sind so verdammt neugierig", murmelt Logan und fährt sich mit der Hand durch sein kurzes dunkles Haar. „Geht es Ihnen gut?"

„Ich bin nicht gefallen", sage ich und bin dankbar, dass er mich aufgefangen hat. „Ich komme schon klar."

„Vielleicht sollten Sie sich von einem Arzt untersuchen lassen."

„Warum? Mir geht's gut."

„Sie sind zweimal gestolpert und haben sich einmal verletzt. Das zweite Mal hätte es schlimmer sein können, wenn ich nicht hier gewesen wäre."

Ja, wenn er nicht hier gewesen wäre, dann wäre ich nicht gestolpert. Meine Aufmerksamkeit galt der Tatsache, dass er ohne Hemd war und verdammt sexy aussah.

„Wir haben einen Arzt vor Ort. Ich kann Sie dorthin bringen, damit er Sie untersucht, um sicherzugehen, dass Sie sich nicht am Kopf gestoßen haben."

„Mir geht es gut, ich verspreche es. Es ist nur mein Knöchel, und es fühlt sich besser an. Vielleicht habe ich ihn wieder eingerenkt."

„Das ist kein Ding", sagt er und sein Blick ist standhaft.

„Nun, das sollte es auch." Ich wende meinen Blick ab, sein Blick ist zu heiß und intensiv für mich. Es ist, als ob er mir direkt in die Seele blickt.

„Wenn der Arzt sagt, dass alles in Ordnung ist, werde ich Sie in Ruhe lassen."

„Nein, Sie laden mich zum Essen ein, und dieses Mal setzen Sie sich zu mir, während wir gemeinsam essen."

Seine Augen glänzen vor Vergnügen. „Willst du mit mir ausgehen, *Sonnenschein*?"

Wenigstens nennt er mich nicht ungeschickt. „Das würde mir im Traum nicht einfallen, *Grummelchen*."

„Das klingt nach Pummelchen", faucht er sichtlich amüsiert. „Ich hoffe, das bleibt nicht hängen."

„Dann sei nicht so ein Griesgram."

Er knurrt und beugt sich vor. Ich schwöre, dass er mich gleich küssen wird. Vielleicht liegt es daran, dass ich will, dass er mich küsst. Meine Lippen kribbeln, und er hebt mich hoch, sein Arm liegt unter meinen Beinen, während er mich trägt.

„Lass mich runter!" Während es gestern noch romantisch war, dass er mich trug, weil mein Knöchel schmerzte, ist mir heute die Aufmerksamkeit, die er mir schenkt, peinlich.

„Erst, wenn ich dich zur Untersuchung gebracht habe", sagt er.

„Du hast mich beobachtet", sage ich frech.

Für einen Moment denke ich, dass er mich fallen lassen wird. Ich schlinge meine Arme um seinen Hals. Mich zu tragen ist die romantischste Geste, die je ein Mann gemacht hat, und jetzt hat er es schon zweimal getan.

Es herrscht Schweigen zwischen uns und es herrscht Geplapper in den Fluren, während er mich durch das Ski-Resort nach draußen trägt.

Ich schimpfe über die Kälte und zucke zusammen. Kann der Arzt nicht im Hauptgebäude sein?

Es gibt ein medizinisches Gebäude, das noch nicht angebaut ist, aber eines Tages angebaut werden soll. Das Vordach und eine Plastikfolie halten Regen und Schnee ab, aber sie speichern keine Wärme.

Ich zittere und klammere mich noch fester an Logan.

„Tut mir leid, wir sind fast da", brummt er, als wir uns der Tür nähern, und er drückt mit seinem Hintern auf den Behindertenknopf, um die Tür automatisch zu öffnen.

Logan trägt mich leichtfüßig in das medizinische Zentrum. Es gibt einen kleinen Warteraum, und er setzt mich auf einen der Stühle.

„Herr Henderson, was kann ich für Sie tun?", fragt die Empfangsdame.

„Cali ist gestern am Ski-Resort gestürzt. Sie hat sich den Knöchel verstaucht, und ist heute auf dem Flur fast noch einmal gestürzt. Ich möchte, dass der Arzt sie sich ansieht. Er soll sicherstellen, dass sie keine neurologischen Probleme hat."

„Meinem Kopf geht es gut. Du bist derjenige, der einen Stock im Arsch hat. Vielleicht solltest du mal von einem Arzt überprüfen lassen, wie weit er hochgeschoben wurde."

Ich kann mir die scharfen Worte nicht verkneifen. Logan dreht sich um, sieht mich mit großen Augen an und legt den Kopf schief. Er sieht schockiert aus, und ist entsetzt über meine Bemerkung.

Nun, er ist ein mürrischer Arsch. Was hat er denn erwartet? Ich kann diesem Mann nur für eine Weile ertragen.

Mein Blick wandert über seinen Körper und hinunter zu seiner eng anliegenden Jeans.

Die Empfangsdame zwingt sich zu einem Lächeln. „Wenn Sie schon mal da sind, wie wäre es, wenn der Arzt Sie untersuchen würde, um sicherzugehen, dass es Ihnen gut geht?"

Wenn zwei Augenpaaren, mich anstarren, ist es schwer, Nein zu sagen. „Du schuldest mir ein Abendessen", sage ich und zeige auf Logan.

„Es wäre mir eine Ehre."

Irgendwie glaube ich nicht, dass er es ernst meint. Er zieht eine Show für die Empfangsdame ab.

Und warum? Ist er besorgt, dass sie ein Gerücht in die Welt setzen könnte, dass er mit einem Gast schläft? Ich bin sicher, es gibt besseren Klatsch im Ski-Resort.

„Brauchen Sie einen Rollstuhl, um in eines der Zimmer zu gelangen?", fragt die Empfangsdame.

„Nein, ich kann gehen", sage ich und stehe auf. Ich schwanke leicht, und es dauert ein paar Sekunden, bis meine Füße wieder das Gefühl haben, auf dem Boden zu stehen.

Die Empfangsdame begleitet mich in eines der Zimmer, und Logan bleibt an der Rezeption sitzen. Sie ist die Triage-Schwester, nicht nur die Empfangsdame.

Sie misst meinen Blutdruck, meinen Puls und meine Temperatur, bevor sie aus dem Zimmer verschwindet und mich allein lässt.

Mein Blutdruck ist ein wenig niedrig, aber das ist nicht ungewöhnlich für mich. Ich hatte schon immer einen niedrigen Blutdruck. Als Teenager riet mir ein Kardiologe, viel Salz und Koffein zu mir zu nehmen, weil ich oft in Ohnmacht fiel. Ich bin mir nicht sicher, ob das der beste Rat war, aber er hat geholfen.

Einige Minuten später kommt ein Herr in den Raum geschlendert.

„Hallo, ich bin Dr. Reynolds", sagt er. „Ich habe gehört, dass Sie gestürzt sind und sich den Knöchel verletzt haben."

„Meinem Knöchel geht es schon besser. Ich neige dazu, ungeschickt zu sein, und der Oger draußen im Flur hat darauf bestanden, dass ich mich untersuchen lasse."

Er zieht die Augenbrauen neugierig hoch. „Oger?"

„Logan Henderson", sage ich.

„Mein Chef." Er grinst und lacht. Er ist ungefähr so alt wie Logan, aber sein Haar ist schon grau meliert, und er hat weniger Bart. Logan hat einen dichten, dunklen Vollbart, der seine Gesichtszüge betont. „Wie wär's, wenn wir ihn ein paar Minuten besänftigen, und ich untersuche ihren Knöchel, und wenn Sie können, würde ich Sie gern herumlaufen lassen."

„Sicher", sage ich. Er schaut sich meinen Knöchel an und stellt fest, dass er nicht geschwollen ist und nicht wehtut, wenn er ihn berührt oder ich ihn bewegen soll. Er lässt mich aufstehen.

„Können Sie auf die andere Seite des Raums und zurück gehen?"

Es ist ein kleiner Raum, nur ein paar Schritte, also tue ich, was er mir sagt.

„Gut", sagt er. „Jetzt möchte ich, dass Sie eine gerade Linie gehen. Von der Ferse bis zu den Zehen."

„Ruhig", sage ich, aber als ich versuche, seiner Aufforderung nachzukommen, schwankt mein Gang und ich schwanke.

Er streckt seine Hände aus, um zu verhindern, dass ich falle, aber ich fange mich.

„Hatten Sie Probleme mit dem Gleichgewicht?" fragt Doktor Reynolds.

„Nicht, dass ich es bemerkt hätte."

„Stellen Sie ihre Füße zusammen."

Ich tue, was er mir sagt, und je länger ich stehe, desto mehr schwanke ich nach links und fange mich ab, indem ich meine Beine auseinanderziehe, um nicht umzufallen. „Das scheint nicht normal zu sein", sage ich.

Auf meine Bemerkung antwortet er nicht. So sehr ich auch das Gefühl habe, dass Logan grübelt, so sehr siegt das Schweigen dieses Mannes. Mein Magen flattert.

„Weil ich mir den Knöchel verstaucht habe. Oder?"

„Setzen Sie sich", sagt er und deutet auf den Stuhl.

Er arbeitet mit einer Taschenlampe und einigen anderen Tricks. Es deutet nicht auf etwas Bestimmtes hin. „Waren Sie auf der Skipiste?"

„Nein, ich weiß nicht, wie man Ski fährt. Ich bin noch nie gefahren", sage ich.

„Haben Sie einen Hausarzt?"

„Zu Hause. Ich wohne nicht hier."

„Ich empfehle, dass Sie sich nach Ihrer Rückkehr an Ihren Hausarzt wenden. Es könnte etwas mit dem Innenohr zu tun haben, er kann Ihnen eine Überweisung zu einem Neurologen ausstellen."

„Was?" Meine Stimme quietscht.

„Haben Sie Probleme mit Schwindel, Übelkeit oder Hörverlust?"

„Nein", sage ich. „Ich bin nur ungeschickt." Zumindest dachte ich, dass es das ist. Ich bin nervös. Aber vielleicht irrt er sich. Er ist es gewohnt, den ganzen Tag Knochenbrüche und Gehirnerschütterungen zu behandeln. Ich bin kein üblicher Patient.

Nachdem ich mit Dr. Reynolds fertig bin, gehe ich hinaus auf den Flur. Logan wartet auf einem der Plastikstühle. Er steht sofort auf, als er mich sieht, seine Augen sind groß. Er will wissen, was der Arzt gesagt hat.

„Mir geht es gut." Ich stoße ihn von mir und schaue die Empfangsdame an. „Wie viel schulde ich Ihnen?"

„Es ist bereits alles erledigt", sagt sie und nickt Logan zu.

„Das geht aufs Haus", sagt Logan, öffnet die Tür und lässt mich zurückgehen, während wir durch den Außenkorridor gehen.

Ich schlinge meine Arme um mich, da es mir von den Nachrichten und der Lufttemperatur kalt geworden ist.

„Abendessen?", sagt er, schaut mich an und stupst mich beim Gehen an. Seine Hand gleitet auf meinen unteren Rücken und hält mich fest.

Ich seufze und lehne mich in seine Berührung. Ich kann ihm nicht sagen, dass ich Angst habe. Die Bemerkungen des Arztes waren nicht das, was ich hören wollte. Warum hat Logan darauf bestanden, mich untersuchen zu lassen?

„Ich habe keinen Hunger", sage ich. Mir ist der Appetit vergangen, als der Arzt erwähnte, dass ich möglicherweise einen Neurologen aufsuchen muss.

Logan öffnet die schwere Glastür, die zum Ski-Resort führt. Ein warmer Luftzug durchströmte mich und ist eine willkommene Abwechslung zu der eisigen Kälte von draußen.

„Ich schulde dir ein Abendessen, und es ist schon spät", sagt Logan.

„Was ist mit deiner Tochter?"

„Sie ist bei ihrer Freundin. Sie werden mich nicht vermissen. Wir können uns im Restaurant hinsetzen und einen Happen essen, oder ich kann oben etwas zubereiten."

„Oben?", wiederhole ich. Das erregt meine Aufmerksamkeit. „Gibt es im Obergeschoss noch ein Restaurant für VIP-Kunden?" Ich hatte weder im Internet noch in der Broschüre etwas über ein Restaurant im Obergeschoss gesehen.

„Ich meinte, ich würde für dich kochen."

„Kannst du kochen?" Ich kann mir ein Lächeln nicht verkneifen. Ich bin mir nicht sicher, warum, aber ich kann mir nicht vorstellen, dass dieser Mann jahrelang in der Küche geschuftet hat. „Hast du keinen Koch?"

„Mein Chefkoch ist unten in der Küche des Restaurants", sagt Logan. „Nur weil ich wohlhabend bin, heißt das nicht, dass ich nicht selbst etwas tun kann.

„Entschuldigung", sage ich. Ich wollte ihn nicht beleidigen. „Gehört diese Küche zu deinem Haus oder ist sie eine Privatküche für deine elitären Gäste?"

„Es ist in der Penthouse-Suite."

Er bittet mich in seine Wohnung. Meine Füße schwanken leicht, und Logans Arm legt sich um meine Hüfte.

„Ich schwöre, wenn du noch einmal stürzt, fliege ich dich in die nächste Notaufnahme, um eine zweite Meinung einzuholen."

„Ist das nicht ein wenig viel?" Eigentlich sollte ich seine Berührung abwehren, aber ich möchte nicht zugeben, dass ich es genieße, dass er den Arm um mich gelegt hat.

„Ich entscheide, was notwendig ist", sagt er.

Er begleitet mich zum Aufzug und stöhnt, als ein anderer Herr mit uns einsteigt. „Wyatt", murmelt er, offenbar kennt er den Mann. Logan drückt den Knopf für die Penthouse-Suite und steckt seinen Schlüssel ins Schloss.

Ich schenke ihm ein warmes Lächeln, und Logan legt seinen Arm besitzergreifend um meine Schultern, als wolle er einfordern, dass ich zu ihm gehöre.

Sehr besitzergreifend?

„Wo wollt ihr zwei Turteltauben denn hin?", scherzt Wyatt. Ein schiefes Grinsen zeichnet sich auf seinem Gesicht ab.

Ich will sagen, dass wir nichts sind, aber Logan antwortet, bevor ich es kann.

„Cali, das ist mein jüngerer Bruder Wyatt."

„Schön, dich kennenzulernen", sage ich und reiche ihm die Hand. Jetzt erinnere ich mich, dass ich ihn neulich gesehen habe.

„Gleichfalls. Bist du sicher, dass du diesen Kerl auf sein Zimmer begleiten willst? Er ist ziemlich ruppig. Es sei denn, du stehst auf so etwas."

Logan knurrt Wyatt an. „Ich lade sie zum Essen ein."

„Du kochst?", fragt Wyatt mit großen Augen. „Wow. Tut mir leid, Cali. Ich hoffe, du hast einen Snack gegessen."

Die Fahrstuhltüren öffnen sich, und Logan murmelt: „Das konnte nicht früh genug kommen."

Wyatt tut so, als hätte er ihn nicht gehört. „Viel Spaß, ihr zwei, und wenn dir der alte Brummbär zu langweilig wird, bin ich unten an der Bar."

Der jüngere Bruder geht hinaus, zwinkert mir zu, und die Türen schließen sich.

„Ich bringe ihn um", brummt Logan leise vor sich hin.

Ich lächle und schaue zu Logan hoch. „Warum? Er war doch nur freundlich."

„Er hat versucht, in deine Hose zu kommen", sagt er sachlich und strafft die Schultern. Er neigt seinen Nacken zur Seite, lässt ihn knacken und löst damit eine ziemliche Anspannung.

„Warum ist das ein Problem?", frage ich mit einem schwachen Lächeln auf den Lippen.

Er senkt den Kopf, sein Blick ist auf mich gerichtet. „Wenn du einen One-Night-Stand suchst, ist er der Richtige dafür. Aber erwarte nichts anderes von ihm. Niemals."

Der Aufzug erreicht die Penthouse-Suite, und die Türen öffnen sich direkt zu seiner Wohnung. „Kommst du mit?", fragt er und wirft über die Schulter einen Blick mich. „Es sei denn, du willst heute Abend ganz ohne Verpflichtungen flachgelegt werden. Wyatt ist der Mann, der alle deine Knöpfe drückt."

Er scheint es ausgezeichnet zu verstehen, meine Knöpfe zu drücken, wenn auch nicht unbedingt die gleichen. „Du magst deinen Bruder nicht", sage ich.

„Ich habe nichts gegen Wyatt. Nur die Tatsache, dass er nicht an eine Verpflichtung glaubt."

„Und du?" Ich schaue auf seine linke Hand hinunter. Er trägt keinen Ring, was gut ist, da ich mich in seiner Penthouse-Suite befinde. „Gibt es eine Mrs. Logan Henderson?"

„Nein." Er antwortet schnell und schließt jede weitere Diskussion zu diesem Thema aus. „Eine Diskussion über dieses Thema ist ausgeschlossen."

5

LOGAN

CALI IST EINE ZIEMLICHE QUASSELSTRIPPE. Schlimmer als Julianna, als sie noch klein war.

Ich weigere mich, mit ihr über meine Scheidung zu sprechen. Es geht sie nichts an, dass meine Ex-Frau Jess mich für einen anderen Mann verlassen hat.

Es war ein echter Schlag für mein Ego, als ich die Tür öffnete und mit ansehen musste, wie mein bester Freund mit meiner Frau zusammenkam.

Jetzt ist er mein ehemaliger bester Freund und sie meine Ex-Frau.

Ich weiß es nicht und es ist mir auch egal, ob die beiden zusammen sind. Julianna weiß, dass ich nicht darüber sprechen möchte. Sie besucht ihre Mutter einmal im Monat, manchmal auch zweimal, wenn Feiertage sind oder es eine Geburtstagsfeier gibt.

Jess ist zurück in New York City, wo wir lebten, bevor wir nach Montana zogen.

„Mache es dir bequem. Sie sollten sich vielleicht setzen." Ich deute auf das Sofa. Ich will nicht, dass Cali wieder über ihre Füße stolpert.

Obwohl sie darauf besteht, dass es ihr gut geht, dass der Arzt sie für gesund erklärt hat und es keinen Grund zur Sorge gibt, habe ich das ungute Gefühl, dass sie mir etwas verheimlicht.

Ich habe vor, es aus ihr herauszulocken, bevor die Nacht zu Ende ist.

Vielleicht kann ich ihr helfen. Wenn sie einen Spezialisten aufsuchen muss und es sich nicht leisten kann oder völlig überteuerte Medikamente braucht, kann ich ihr finanziell helfen.

Cali hört nicht zu. Warum sollte ich glauben, dass sie auch nur zehn Sekunden lang Anweisungen befolgt? Das Mädchen ist ein wilder Geist, sorglos und spritzig.

Wir sind uns nicht ähnlich.

Das heißt nicht, dass ich diese Unschuld nicht bewundere, aber sie ist noch jung. Neunundzwanzig ist praktisch ein Baby, wenn ich zurückblicke und mich an die verrückten Dinge erinnere, die ich in meinen Zwanzigern getan habe.

Ich bin gerade dreiundvierzig geworden, und ich schwöre, ich bin ein anderer Mensch als vor vierzehn Jahren. Damals war ich ein frisch gebackener Vater mit einer einjährigen Tochter.

Jetzt bin ich ein mürrischer alter Mann. Das kommt davon, wenn man ein alleinerziehender Vater ist, betrogen wird und eine Tochter im Teenageralter allein großzieht.

Ich hole ein paar frische Zutaten aus dem Kühlschrank und nehme einen riesigen Topf, um Wasser zu kochen. „Gibt es irgendetwas, gegen das du allergisch bist?", frage ich.

Cali schüttelt den Kopf. „Nein, aber ich mag keinen Käse."

„Verstanden", sage ich mit einem schiefen Grinsen. „Ich mache uns Nudeln, aber deine ohne Käse."

„Danke." Sie zieht den Hocker unter der Theke hervor und setzt sich darauf, während sie mir beim Kochen zusieht.

„Trinkst du Wein?"

„Ich hätte gern ein Glas", sagt Cali und steigt vom Hocker herunter. „Wenn du mir die Richtung zeigst, kann ich jedem von uns ein Glas holen."

Ich öffne den Schrank und greife nach den Weingläsern auf dem obersten Regal. Sie käme nie dorthin, ohne auf einen Stuhl zu klettern, und das kommt überhaupt nicht in Frage.

„Auf dem Tresen steht eine Flasche Rotwein und in der Schublade darunter liegt ein Korkenzieher." Ich gestikuliere in Richtung des Weinflaschenregals. Es sind nur ein paar Flaschen da. Die meisten werden im Keller unter dem Haus aufbewahrt.

Cali lässt den Korken knallen und schenkt jedem von uns ein Glas ein.

Ich atme das duftende Aroma ein, bevor ich einen Schluck nehme. Der Geschmack ist exquisit. Das ist es, was man für fünfhundert Dollar pro Flasche bekommt. Ich habe eine Kiste im Weinkeller. Die meisten Flaschen sind für besondere Gäste reserviert, oder wenn ich Gäste einlade, was aber seit meiner Scheidung nicht mehr der Fall ist.

Mein engster Freund, Levi Luxenberg, der mich nie veraschen würde, wohnt in New York City. Nicht, dass er mich nicht besuchen könnte, aber er ist mit seiner Tochter und seiner Verlobten beschäftigt. Der Mann ist sehr aufrichtig. Als er erfuhr, dass er eine fünfjährige Tochter hat und diese nach dem Tod ihrer

Mutter niemanden hat, sprang er in ein Flugzeug und brachte sie und ein Kindermädchen nach Hause.

Wenn ich mit dem Ausbau des Hauses fertig bin, möchte ich mit ihnen die Pisten erkunden. Sie sollten es der Kleinen beibringen, wenn sie alt genug ist, um Ski oder Snowboard zu fahren.

Vielleicht kann Julianna Amelia unterrichten.

„Wir hätten einen Toast aussprechen sollen", sagt Cali, während sie am Wein nippt. „Wow. Das Zeug ist göttlich."

„Ja, das ist es, was man für fünfhundert eine Flasche bekommt. Göttlich", wiederhole ich mit einem Lächeln.

Sie hustet bei meiner Bemerkung, ihre Augen werden groß und sie stellt das Glas auf den Tresen.

„Schmeckt er dir nicht?", frage ich und werfe ihr einen Blick über die Schulter zu. „Du kannst eine andere Flasche aufmachen, wenn er dir zu trocken ist."

„Nein, er ist perfekt. Er ist teuer. Ich möchte keinen Schluck vor dem Essen verschwenden."

Ich winke abweisend mit der Hand. „Ist schon gut. Ich habe unten im Weinkeller noch eine Kiste von dem Zeug."

Cali schaut von der Theke aus zu, während ich das Gemüse und die Tomaten in Würfel schneide, um meine selbstgemachte Spaghettisoße herzustellen.

„Wo hast du kochen gelernt?", fragt sie.

Ich kann ihr die Frage nicht übel nehmen. Es ist eine berechtigte Frage, auch wenn ich nicht über Jess sprechen möchte. „Meine Ex hat nie gekocht, und ich wollte, dass Julianna ein richtiges, gesundes und nahrhaftes Essen bekommt. Das bedeutete, ich musste es lernen."

„Frisch geschieden?", fragt sie.

Ich bin sicher, sie kann es googeln, wenn sie neugierig ist. Ihr Telefon ist nicht aus. Wenigstens ist sie höflich, was ich zu schätzen weiß.

„Ja. Ich würde es vorziehen, nicht darüber zu sprechen."

„Na gut." Cali zwingt sich zu einem Lächeln und nimmt einen weiteren Schluck Wein, bevor sie das Glas in ihren Händen auf dem Tresen abstellt. „Ich bin keine gute Köchin. Ich meine, ich kann Wasser kochen und Spaghetti-Sauce aus dem Glas machen, aber ein Rezept zu befolgen, ist mein Untergang. Ich werfe einen Blick auf das Blatt, und es gibt zu viele Anweisungen, und das wird mir zu viel."

„So geht es Julianna, wenn ich ihr sage, dass sie beim Essen helfen soll. Ich kann ihr das Rezept vorlesen, aber wenn sie es lesen muss, ist es, als ob sie auf eine fremde Sprache starrt."

„Ja!", ruft sie aus. „Du hast es verstanden."

Ich verstehe es nicht, aber meine Tochter hat sich so oft über das Kochen beschwert, dass ich ein System entwickelt habe, bei dem sie hilft und wir beide das Abendessen zubereiten.

Allerdings mussten wir das nicht mehr tun, seit das Ski-Resort nach der Renovierung wieder eröffnet wurde. Eine Zeit lang hatte ich einen Privatkoch, der unsere Mahlzeiten zubereitete, während ich mit der Scheidung beschäftigt war. Als die Scheidung abgeschlossen war, wollte ich Damien nicht wieder gehen lassen, also habe ich ihn eingestellt, um die Küche des Restaurants im Resort zu leiten.

Wir haben uns von einem Restaurant im Ski-Resort zu einem der angesagtesten Lokale der Stadt entwickelt. Nicht, dass die Stadt Breckenridge riesig wäre, aber wir haben den anderen Lokalen in der Stadt ein wenig das Geschäft weggenommen.

Es gibt immer eine Warteliste, sogar unter der Woche und auch außerhalb der Saison. Eine Reservierung wird empfohlen.

„Möchtest du einen Nachtisch?", frage ich und schaue über meine Schulter zu Cali.

Sie sitzt abgestützt auf dem Hocker, und ich schwöre, wenn sie herunterfällt, werde ich mir nie verzeihen, dass ich diese Stühle gekauft habe.

„Ich bin gut darin, ihn zu essen."

Ich kichere. „Komm her, koste meine Soße." Ich rühre das Gebräu um, und sie rutscht mit hochgezogenen Augenbrauen vom Hocker.

„Das klingt schmutzig, Mr. Henderson."

„Nenn mich Logan." Ich lasse sie die rote Soße mit dem Holzlöffel probieren.

Sie pustet kurz darauf, bevor sie ihn an ihre Lippen führt. Ihre Augen schließen sich und sie presst ihre Lippen mit einem leichten Stöhnen aufeinander. „Mensch, das ist unglaublich."

„Schmeckt dir meine Soße?", sage ich mit einem Grinsen. Ich stehe auf Anspielungen, und diese Frau macht mich hart, wenn ich sehe, wie ihre Zunge über ihre Lippen streicht. Ihre Wangen sind rosig und ihre Pupillen dunkel.

„Ja, ich würde für eine weitere Kostprobe sterben."

„Wie schmeckt es? Ist die Soße zu salzig?"

„Nein, überhaupt nicht. Sie ist perfekt. Du weißt, wie man kocht."

Warum scheint sie von dieser Tatsache überrascht zu sein? Ich schnappe mir die Schüsseln und richte die Nudeln zuerst an, damit sie so viel Soße und Fleisch auf ihr Essen geben kann, wie sie möchte.

Wir bringen das Geschirr zu dem kleinen Holztisch in der Küche. Der Tisch lässt sich erweitern, aber Julianna und ich essen meistens unten, also gab es bisher keinen Grund, ihn zu erweitern.

Das Abendessen ist angenehm, mit höflichem Geplauder, aber nichts allzu Intimes oder Persönliches. Sie vermeidet es, Fragen über meine Scheidung oder meine Tochter zu stellen, und ich tue dasselbe, um keine Grenzen zu überschreiten.

Ich habe sie zu einem netten Essen eingeladen, nicht um sie zu überreden, mit mir zu schlafen. Außerdem ist diese Tür geschlossen. Nachdem Jess mich betrogen hat, ist es nicht leicht, Frauen wieder zu vertrauen.

Am Ende des Abendessens haben wir die exquisite Flasche Wein geleert, und ich räume das Geschirr ab und spüle es, bevor ich es in die Spülmaschine stelle.

„Du magst doch einen Nachtisch, oder?", scherze ich.

„Das kommt darauf an. Hast du eine Schachtel Brownie-Mischung in der Speisekammer?"

Der Aufzug klingelt, und Julianna und Izzie kommen ins Penthouse getänzelt. „Hi, Papa. Cali!" kreischt Julianna, aufgeregt zu sehen, wen ich mit nach Hause gebracht habe. Die Augen meiner Tochter weiten sich. „Wow, hast du etwa ein Date, Papa?"

Ich gewöhne mich nie daran, dass sie ihre Texte laut ausspricht. „Ich habe versprochen, dass ich mich um das Abendessen für Cali kümmere, wenn sie zum Hausarzt geht."

„Du hast sie zu Dr. Reynolds geschickt?" Juliannas Gesicht verzieht sich. „Er ist noch heißer als du, Papa."

„Danke, Kleines." Ich bespritze sie mit Wasser, und sie kreischt, als ob sie schmelzen würde. Mein Kind ist ein echtes Drama. Ich bin überrascht, dass sie in der Highschool nicht in den Theaterclub gegangen ist.

„Deine Tochter hat recht. Dr. Reynolds ist eine Augenweide", sagt Cali. Sie wackelt mit den Augenbrauen. „Ist er verheiratet?"

„Nein", sage ich und schüttle den Kopf. „Aber du bist nicht sein Typ."

„Was soll das bedeuten?", fragt Cali.

„Das ist hart, *alter Mann*, selbst für dich", sagt Julianna.

„Alter Mann?" Ich starre meine Tochter an. Ich bin nicht im Geringsten wütend, sondern nur beunruhigt darüber, dass sie mich in der Gegenwart von Cali so nennt. „Und er ist nicht an Frauen interessiert, die fast halb so alt sind wie er", sage ich und fixiere Cali mit meinem Blick.

„Ich bin neunundzwanzig", sagt sie, als ob das die Sache irgendwie besser machen würde.

„Papa", unterbricht uns Julianna erneut. „Kann Izzie hier übernachten?"

„Izzie muss ihre Eltern fragen, aber für mich ist es in Ordnung." Ich bin froh, dass Julianna Zeit mit einer Freundin außerhalb der Schule verbringt.

Julianna und Izzie gehen zum Aufzug. Sie sind noch nicht fertig mit der Erkundung des Resorts oder wollen vielleicht keine Eltern dabeihaben. Das ist für mich auch in Ordnung. Ich mag den Gedanken, Cali für mich allein zu haben.

Sobald die Mädchen weg sind, sind Cali und ich allein.

„Ich habe vorhin einen Witz darüber gemacht, dass ich Dr. Reynolds mag", sagt sie.

Ich weiß nicht, warum sie es für nötig hält, sich zu erklären, aber ich lasse sie ausreden, weil es liebenswert ist, ihr zuzuhören.

„Warst du?"

„Er sieht zwar gut aus, aber er ist nicht mein Typ." Sie lässt diesen Gedanken ein wenig zu lange auf sich wirken.

„Was ist dein Typ?", frage ich. Das sollte ich nicht. Ich sollte eine Flasche Wasser aufmachen, nicht noch eine Flasche Rotwein. Ich gieße uns beiden ein Glas ein, während ich die Zutaten für die Brownies mische.

Cali steht direkt neben mir, mit dem Rücken an der Theke. Ich bin mir nicht sicher, ob es sie aufrecht hält oder ob sie sicher auf ihren Füßen steht. Wie auch immer, zumindest wird sie heute Abend nirgendwo mehr hingehen.

Es ist ein gefährliches Spiel, mit einem Mädchen zu flirten, das mir das Herz brechen wird. Die Frau, die ich liebte, hat mich zerstört. Warum sollte eine Frau, die ich kaum kenne, das nicht tun?

„Groß, dunkel, gutaussehend." Sie lächelt und mustert mich von oben bis unten. „Ein Mann, der weiß, was er will, der freundlich und rücksichtsvoll ist und sich nicht scheut, seine Meinung zu sagen. Auch wenn das eine Meinungsverschiedenheit bedeutet."

Ich grüble über ihre Worte nach. Ich bin mir nicht sicher, ob ich in die Kategorie „freundlich und rücksichtsvoll" passe, aber der Rest bin einfach ich.

„Was ist mit dir?", fragt Cali. „Was ist dein Typ?"

Ich schalte den Ofen ein und warte, bis er vorgeheizt ist.

„Mein Typ?" frage ich, verschränke die Arme vor der Brust und lehne mich mit dem Rücken an den Tresen, während ich über ihre Worte nachdenke. „Eine Frau, die nicht fremdgeht. Das ist ehrlich, auch wenn es brutal schmerzhaft ist, das zu hören."

Viel mehr steht im Moment nicht auf meiner Liste. Jess hatte alle meine mentalen Kästchen auf der imaginären Checkliste für Freundin und schließlich Ehefrau erfüllt. Aber das war egal, denn sie hat es geschafft, mich zu verarschen, aber nicht, bevor sie diese taube Nuss gevögelt hat.

„Es tut mir leid, dass sie dir wehgetan hat", sagt Cali mit sanfter Stimme, die echt und aufrichtig klingt.

„Ja, ich möchte nicht darüber reden." Ich kippe das Glas Rotwein hinunter und gieße mir ein weiteres Glas ein. Es spielt keine Rolle, ob ich beschwipst oder volltrunken bin. Dies ist mein Haus,. ich kann hier tun und lassen, was mir verdammt noch mal gefällt.

„Verstanden." Cali legt eine Hand auf meinen Arm.

Ihre Berührung ist warm und tröstlich und strahlt ein Kribbeln in meinem Körper aus. Sie entfacht eine

Flamme in mir, von der ich dachte, sie sei tot und könne nie wieder entfacht werden.

Sie tritt näher, um den Abstand zwischen uns zu verringern, und ihre Hand ruht auf meinem Arm, die andere auf meiner Brust. Cali stellt sich auf ihre Zehenspitzen.

Ich weiß, was kommt, aber ich halte sie nicht auf.

Sie küsst mich, ihr Atem ist weich und warm. Ihre Lippen sind weich und süß. Sie schmeckt wie frische Kirschen.

Ich öffne meinen Mund, um den Kuss zu vertiefen, aber mein Gehirn erinnert mich immer wieder an die schrecklichen Dinge, die Jess mir angetan hat, und ich ziehe mich zurück.

„Du solltest gehen", sage ich.

„Aber wir hatten noch keinen Nachtisch."

Ich schalte den Ofen aus und mache deutlich, dass das Abendessen fertig ist. Es wird keinen Nachtisch geben. Sie hat es ruiniert, indem sie die Grenze überschritten und mich geküsst hat.

Ich gehe zum Aufzug, und sie, folgt mir.

Ich drücke auf den Knopf, weil ich will, dass er schnell da ist.

Die Spannung zwischen uns ist groß.

Cali atmet schwer von dem Kuss, oder hat meine schroffe Art sie aus der Fassung gebracht. Aber ich kann diesen Weg mit ihr nicht einschlagen. Nicht jetzt und wahrscheinlich niemals.

Ich bin ein Mann, der zu sehr gedemütigt wurde, um wieder jemanden zu vertrauen.

Die Fahrstuhltüren öffnen sich, und Cali tritt ein.

„Gute Nacht", sage ich grob, und ihre Augen verdunkeln sich. Sie sagt nichts. Nicht einmal ein Dankeschön für das Abendessen.

Sie beißt sich auf die Unterlippe, und ich schwöre, wenn sie weint, werde ich mich nicht mehr zurückhalten können. Cali sollte nicht weinen. Sie war nicht diejenige, die mich verletzt, betrogen und in Stücke gerissen hat.

Logischerweise erkenne ich, dass es nicht Calis Schuld ist. Aber ich kann die beiden heute Abend nicht voneinander trennen.

Die Türen schließen sich, und ich atme erleichtert auf, dass sie weg ist.

6

CALI

WAS ZUM TEUFEL ist gerade passiert? Mein Kopf dreht sich, und meine Augen brennen.

Ich lehne mich gegen die Wand im Aufzug, drücke aber keinen Knopf.

Ich weiß nicht mehr, in welchem Stockwerk mein Zimmer ist. Alles in mir schmerzt.

Ich drücke den Knopf für die Lobby, und der Aufzug bringt mich in den ersten Stock. Ich schleiche hinaus und gehe direkt auf die Bar zu.

Ich könnte zwar ins Bett gehen, aber ein Drink klingt besser. Ich betrete die Bar. Es sind ein paar Gäste da, aber es ist nicht übermäßig viel los. Die meisten im Resort sind familienorientiert. Die Bar ist die Ausnahme.

Ich setze mich an den Tresen und bestelle einen Long Island Eistee. Er ist süß genug, aber er hat es in sich. Außerdem habe ich oben schon meinen Anteil an teurem Wein getrunken.

Das ist wahrscheinlich der Grund, warum ich mich dummerweise vorgebeugt und Logan Henderson geküsst habe. Mir war nicht klar, dass er ausflippen würde, wenn ich ihn küsse.

War es so schrecklich, mich zu küssen?

„Cali, richtig?", fragt Wyatt. Er schlendert von der gegenüberliegenden Seite der Bar heran, wo er Darts gespielt hat.

„Ja", sage ich.

Er blickt zu mir herüber, als der Barkeeper mir mein Getränk bringt. „Danke", sage ich, und Wyatt deutet auf das alkoholische Getränk.

„Setzen Sie es auf meine Rechnung. Und ich nehme noch eine Runde."

„Ich kann meine Getränke selbst bezahlen", schnauze ich ihn an.

„Ich bin sicher, dass Sie das können, aber ich wollte nur ein Gentleman sein. Wyatt lächelt und lehnt sich zurück an die Bar. Er hakt seine Daumen in die Gürtelschlaufen seiner Jeans ein.

Er sieht gut aus, und je länger ich ihn ansehe, desto deutlicher wird die Ähnlichkeit zwischen den beiden Brüdern.

„Bring deinem Bruder bei, ein Gentleman zu sein", murmle ich und schlucke meinen Drink hinunter.

Wyatt dreht sich zur Seite, um mich anzusehen, und nimmt schließlich den leeren Sitz neben mir ein. Vielleicht ist ihm klar, dass es eine lange Nacht werden wird. „Normalerweise ist er ein Gentleman. Was hat er getan?"

„Er hat mich rausgeworfen und in den Aufzug geschickt, weil ich ihn geküsst habe. Der Himmel verbot mir, seine Lippen zu berühren."

Wyatt verzieht das Gesicht zu einem Grinsen. „Du hast meinen Bruder geküsst? Schön für dich."

„Ja, nicht gut für mich. Hast du gehört, was ich gesagt habe? Er hat mich rausgeschmissen."

Wyatt zieht die Stirn in Falten und fährt sich mit der Hand durch die Haare. „Er ist wahrscheinlich ausgeflippt."

„Von einem Kuss? Der Typ ist über vierzig. Er ist keine Jungfrau mehr", sage ich. Wie kann es sein, dass er wegen eines einfachen Kusses ausflippt? Ich konnte nicht einmal seinen Mund mit meiner Zunge erkunden.

„Er war seit seinem neunzehnten Lebensjahr mit der gleichen Frau verheiratet. Seine erste und einzige Liebe. Der Mann hat nicht viel Erfahrung außerhalb seiner Ex-Frau." Wyatt kichert. „Und er würde mich umbringen, wenn er wüsste, dass ich dir das erzähle."

„Ja, darauf würde ich wetten." Ich kippe den Rest meines Drinks hinunter und gebe dem Barkeeper ein Zeichen, mir noch einen zubringen. „Er tut so, als wäre es ein Verbrechen, wenn ich Gefühle für ihn habe. Ich sollte ihn nicht mögen. Ich möchte ihn hassen", sage ich, und meine Nase zuckt.

„Aber?"

„Aber er ist sehr ansehnlich. Ganz zu schweigen davon, wie nett und fürsorglich er sein kann, wenn er sich nicht gerade wie ein Idiot aufführt. Neulich hat er mich zum Abendessen getragen, als ich mich am Knöchel verletzt hatte, und heute Morgen hat er mich zum Hausarzt getragen."

„Das klingt nicht nach Logan, der Gäste durch das Haus schleppt." Wyatt gluckst und nippt an seinem Bier. „Versteh mich nicht falsch. Mein Bruder mag dich. Das ist offensichtlich. Er lädt niemals jemanden zu sich nach Hause ein. Er ist nur nicht gut darin, zu seinen Gefühlen zu stehen."

Ich glaube Wyatt nicht. „Er mag mich nicht."

„Ich wette um die nächste Runde mit dir, dass er dich mag", sagt Wyatt.

„Wie willst du das beweisen?"

Wyatt grinst und winkt Logan zu, als dieser in die Bar stürmt. Seine Augen weiten sich, als er mich sieht, dann wandert sein Blick zu Wyatt.

Von Logan geht eine Hitze aus, als sei er ein wütendes Inferno, das kurz vor dem Ausbruch steht. Logan knurrt und stürzt sich auf Wyatt, packt ihn am Revers und reißt ihn vom Barhocker. „Du hast dich kein bisschen verändert", stößt Logan zwischen zusammengebissenen Zähnen hervor.

„Du auch nicht", sagt Wyatt und bleibt dabei viel ruhiger, als er es sein sollte, wenn man bedenkt, dass er gleich angegriffen wird.

Aber sie sind Brüder, und vielleicht weiß Wyatt, wie er seinen hitzköpfigen Bruder beruhigen kann.

„Ich kann nicht glauben, dass du versuchst, mir Cali wegzunehmen, so wie du vor all den Jahren versucht hast, mir Jess wegzunehmen!" Logans Augen sind weit aufgerissen. Er bemerkt nicht einmal, dass ich auf dem Hocker direkt neben ihm sitze.

Ich lege meine Hand auf seinen Arm und versuche, seine Anspannung zu lindern und ihm zu versichern, dass das, wofür er es hält, nicht der Fall ist.

Man kann niemanden betrügen, wenn man nicht in einer Beziehung mit ihm oder ihr ist.

„Dein Bruder hat mich niemanden weggenommen", werfe ich ein. „Ich bin kein Objekt, das man besitzen kann." Ich nehme meinen Drink und schütte ihn Logan ins Gesicht, um ihn abzukühlen.

„Hattest du deinen Spaß?" Er hebt mich vom Barhocker hoch, wirft mich über seine Schulter und trägt mich im Höhlenmenschen-Stil aus der Bar.

„Logan, lass mich runter!", schreie ich, und er gibt vor der Bar des Ski-Resorts nach.

„Was war das?" Er verschränkt seine Arme vor der Brust. Sein Bizeps wölben und spannen sich. Er ist wütend, und ich habe nicht einmal etwas falsch gemacht.

„Ich, der nur ein nettes Gespräch mit deinem Bruder führte. Hör auf, dich wie ein Arsch zu benehmen." Ich gehe von ihm weg, aber er packt mich am Arm und dreht mich so, dass ich ihn anschauen muss.

„Wir sind noch nicht fertig, *Sonnenschein*."

„Okay, aber wenn wir schon Spitznamen vergeben, dann bist du ein Bergmuffel."

„Sehr erwachsen", sagt Logan. Er blickt zu mir herunter, die Lippen aufeinander gepresst, aber er sagt nichts. Sein Schweigen ist überwältigend.

„Hörst du, ich weiß nicht, was zwischen dir und deiner Ex-Frau vorgefallen ist", sage ich, obwohl ich eine ziemlich gute Vorstellung davon habe, was Wyatt mir erzählt hat und was Logan bei einer Partnerin sucht. „Aber ich bin nicht sie. Ich gehe nicht fremd. Ich habe es nie getan und werde es nie tun. Wyatt, dein Bruder, hat mit mir etwas getrunken, weil ich allein an der Bar saß."

„Er hat dich angebaggert", sagt Logan. „Er macht alle hübschen Mädchen an, die allein in die Bar kommen."

Es spielt keine Rolle, ob er mich angemacht hat oder nicht. Ich würde nicht mit ihm nach Hause gehen. „Auch wenn du deinem Bruder nicht traust, dann trau mir wenigstens ein bisschen mehr zu."

„Ich kenne dich nicht."

Er hat recht. Er kennt mich nicht. „Eben, wir wissen nicht viel voneinander. Was kümmert es dich, mit wem ich spreche oder etwas trinke, wenn du mich nicht einmal kennst oder dich um mich sorgst?"

„Da liegst du falsch, Cali", sagt er und tritt einen Schritt näher. Er dringt in meinen persönlichen Raum ein.

Sein Duft ist berauschend. Sein Atem ist heiß und warm, und mein Körper kribbelt in seiner Nähe. Ich möchte ihn küssen, aber das ist oben in seiner Wohnung nicht gut angekommen. Ich will nicht noch einmal erleben, dass er mich rausschmeißt. Obwohl, würde er mich dieses Mal ganz aus seinem Resort rausschmeißen oder nur verlangen, dass ich wie ein Kind auf mein Zimmer gehe?

„Dann korrigiere mich", sage ich, mein Blick trifft seinen, ohne zu wanken.

Sein Blick ist intensiv.

Es ist heiß, und mein Atem wird lauter und schwerer.

Er beugt sich vor, und ich schwöre, dass er mich küssen will. Aber er tut es nicht. Sein Atem vermischt sich mit meinem. Seine Augen bleiben an mir haften, als wäre ich der Mittelpunkt seiner Welt und es existiert nichts anderes.

„Du bist mir wichtig, mehr als es sollte." Seine Worte sind wie Honig, und mein Inneres kribbelt überall.

„Aber du bist praktisch noch ein Kind. Wenn du mit meinem Bruder schläfst, wird dich das nur verletzen."

„Ich will nicht mit deinem Bruder schlafen!" Warum bekommt er es nicht in seinen Dickschädel, dass der einzige Mann, für den ich Augen habe, er ist, Logan Henderson?

Er schüttelt den Kopf. „Das glaube ich dir nicht. Ich habe euch beide lachen und Spaß haben sehen, bevor ich einen Fuß in die Bar gesetzt habe."

„Ist es ein Verbrechen, wenn ich mich mit einem anderen Mann amüsiere, obwohl ich nicht einmal mit jemandem zusammen bin?" scherze ich.

Logan hält sich den Mund zu.

Ich erwarte, dass er schreit, und mir sagt, dass ich wie seine Ex bin und er mir nie vertrauen wird. Aber stattdessen dreht er sich um und geht weg und lässt mich noch verblüffter und verwirrter stehen.

Hat Wyatt mit Jess geschlafen? Er hatte von einem Freund gesprochen, nicht von seinem Bruder.

Logan stürmt den Flur hinunter, und ich warte eine Minute, bevor ich mich entscheide, ob es sicher ist, in die Bar zurückzukehren, oder ob ich für heute Schluss machen und nach oben gehen sollte.

Während ich immer noch unbeholfen vor dem Eingang stehe, stolziert Wyatt mit einer Bierflasche in der Hand auf mich zu. „Ihr habt euch wohl nicht vertragen", sagt Wyatt und bemerkt, dass sein Bruder mich allein stehen lässt.

„Er denkt, ich will mit dir schlafen."

„Willst du?", fragt Wyatt, der seinen Blick auf meinen geheftet hat und auf eine Antwort wartet.

Ich bin nicht auf der Suche nach einer kurzen Affäre im Winter, oder überhaupt einer Affäre. Normalerweise verliebe ich mich schnell und heftig. Vielleicht ist es das, was mir mit Logan passiert ist, zumindest von meiner Seite aus.

Ich reibe mir die Stirn. „Nein, ich mag deinen mürrischen Bruder."

„Er ist mürrisch", sagt Wyatt und verzieht das Gesicht zu einem Grinsen.

„Hast du mit Logans Ex geschlafen?", frage ich, immer noch ohne die Dynamik oder das Drama zu verstehen. Logan hat einige ungelöste Probleme mit seinem Bruder in Bezug auf seine Ex-Frau.

„Nein, aber vor Jahren hat Logan seine Frau dabei erwischt, wie sie sich an mich heranmachte. Sie war betrunken, wir waren alle zusammen im Urlaub, und ich habe versucht, die Dinge einzurenken, indem ich so tat, als wäre ich derjenige, der sich für sie interessierte, und dass sie an mir kein Interesse hatte und nur ihn wollte."

„Es scheint, als wäre sie schon lange an anderen Männern interessiert, und zwar nicht nur an dir", sage ich. Das hätte ein Zeichen sein müssen, eine rote Flagge.

„Genau", sagt Wyatt und zeigt auf mich. „Du verstehst mich schon. Logan, nun ja, er hat es nie verstanden. Er hat mir damals für das, was mit Jess passiert ist die Schuld gegeben, und als sie einen anderen Mann in sein Bett gebracht hat, seitdem ist er eine große Nervensäge."

„Die Liebe macht seltsame Dinge mit den Menschen", sage ich.

„Sprichst du aus Erfahrung?", fragt Wyatt.

„Ich berufe mich auf den fünften Zusatzartikel der Verfassung."

———

Ich verbringe die nächsten Tage damit, Logan zu meiden und versuche, so viel wie möglich zu arbeiten. Ich richte einige Drehorte für Videoaufnahmen ein, um die Gäste auf den Pisten, im Resort, den Restaurants und der Bar zu filmen.

Aber ich habe immer noch kein Interview mit Logan, und es sieht auch nicht so aus, als würde ich es noch bekommen. Vielleicht sollte ich es sein lassen.

Ich habe nur noch achtundvierzig Stunden auf Firmenkosten, bevor ich nach Hause ins sonnige LA fliegen muss. Ich freue mich auf die Sonne. Obwohl es Winter ist, ist es im Süden wärmer, und es gibt keine Chance auf Schnee. Das ist meine Art von Wetter.

Die meisten meiner Videodrehs waren ästhetisch.

„Cali!" Jules winkt mir zu, während sie den Flur hinunterläuft und mich einholt. Ich halte mein Handy in der Nähe des Fensters und versuche, so viel Licht wie möglich einzufangen. Mein Ringlicht ist schon vor Stunden ausgegangen und wird gerade wieder aufgeladen.

„Es tut mir leid, dass ich dich diese Woche im Stich gelassen habe. Kann ich dir helfen?"

„Ich mache nur ein paar Aufnahmen", sage ich.

„Das ist mein Lieblingsteil. Hast du schon etwas vom Skilift gefilmt?"

„Habe ich nicht. Willst du mit mir hingehen?"

Ihre Augen leuchten auf. „Das würde ich gerne. Wollen wir unsere Jacken holen und uns in zehn Minuten wieder hier treffen?"

Ich gehe nach oben, um meinen Mantel und warme Kleidung zu holen. Die Stiefel sind schön warm, und draußen ist es eiskalt. Ich will nicht zittern und die Kamera verwackeln, wenn ich ein Video drehe.

Ich ziehe meine Handschuhe an und gehe nach unten. Jules wartet schon auf mich.

Sie ergreift meine Hand und geht mit mir zum Skilift. Ich habe keine Ahnung, wohin wir gehen, aber ich hätte genauso gut den Schildern folgen können, obwohl ich noch nicht allzu viel Zeit im Freien verbracht habe.

„Wie geht es deinem Knöchel?", fragt Jules, als wir vor den Skilift treten und in den Sessel gehievt werden. Die Stange kommt herunter, ich lehne mich zurück und schalte meine Kamera ein. Ich schalte auf Video um, um Bilder von den Pisten und den Gästen zu machen, die das Winterwunderland genießen.

„Besser", sage ich. Der Ton wird komplett herausgeschnitten, sodass es keine Rolle spielt, wenn wir über das Material sprechen, das ich aufnehme.

„Du solltest mal auf die Piste gehen. Ich meine, wie willst du eine faire Bewertung abgeben, wenn du noch nie oben warst?

Da hat sie recht. „Wie wäre es, wenn du mich einweist und mitkommst, wenn wir zurückkommen?"

„Okay", sagt Jules und lächelt breit und aufgeregt.

Ich schieße Dutzende von Fotos und mache noch mehr Aufnahmen für den VLog. Der Bericht, den ich schreiben werde, wird bestimmte Bereiche des Hauses vorstellen: Restaurants, Hotel und Unterhaltung. Außerdem geht es um Komfort, Qualität im Verhältnis zum Preis und darum, was euch von anderen ähnlichen Einrichtungen unterscheidet.

Das Besondere an Blue-Sky-Resort ist der mürrische Besitzer, aber ich glaube nicht, dass die Zuschauer das sehen wollen. Oder wollen sie das vielleicht doch? Aber ich werde seinen Namen nicht in den Schmutz ziehen, auch wenn er mich aus seiner Penthouse-Suite geworfen hat, nachdem ich ihn geküsst hatte.

Wen kümmert es, wenn er nicht auf mich steht? Mich jedenfalls nicht.

In weniger als zwei Tagen bin ich weg und werde diesen Idioten nie wieder sehen müssen.

„Wirst du uns eine Fünf-Sterne-Bewertung geben?",
fragt Jules. Das Kind kommt sofort zur Sache. „Papa
wird am Boden zerstört sein, wenn du über den
muffeligen Besitzer schreibst."

Das entlockt mir ein Lächeln. „Dein Vater ist sehr
launisch", sage ich.

„Schlimmer als ein Kleinkind." Jules zeigt auf die
Schwarzbären, die durch den Schnee stapfen. „Schau!"

„Oh, wow! Sind die Skifahrer in Gefahr?" Ich versuche,
mein Handy ruhig zu halten, während ich von oben
Videoaufnahmen mache.

„Das sollten sie nicht sein. Die Bären sind auf der
anderen Seite des Bergpasses. Die Hänge liegen hinter
uns", sagt Jules. Sie kennt die Wege und die Route, die
wir nehmen, sehr gut. „Außerdem sind es keine
Grizzlys, also sollte es kein Problem sein.

Ich atme erleichtert auf. Wir kommen an den Bären
vorbei und springen ab, als wir wieder am
Ausgangspunkt ankommen.

„Komm, wir besorgen dir eine Ausrüstung, dann
können wir zusammen skifahren gehen." Jules ergreift
meine Hand und zieht mich ins Haus. Sie leuchtet wie
ein Weihnachtsbaum und strahlt förmlich.

„Ist es für deinen Vater in Ordnung, wenn du rausgehst?", frage ich. Er hasst mich bereits, obwohl ich nicht weiß, was ich falsch gemacht habe, um seinen Zorn zu verdienen. War es, weil ich ihn geküsst habe oder in der Bar einen Drink hatte und sein Bruder aufgetaucht ist?

Vielleicht etwas von beidem?

Wir haben es geschafft, uns so gut wie möglich aus dem Weg zu gehen. Ich kann mich nicht beklagen. Es hat den Rest meiner Woche im Vergleich zum Anfang der Woche langweilig gemacht, aber das ist in Ordnung für mich.

Jules eilt hinter den Tresen. „Welche Größe trägst du?"

„Acht".

Sie schnappt sich zwei Paar Stiefel und reicht mir die Größe Acht. „Zieh die an, und dann holen wir die Skier, außerdem Helme." Sie holt zwei Helme aus dem Regal und gibt mir einen.

Er ist nicht schön, aber er ist funktionell, und das ist alles, was zählt. Ich vergewissere mich, dass der Helm sicher und fest sitzt und folge ihr nach draußen. Wir schnappen uns einen Satz Skier und Stöcke. Jules zeigt mir, wie ich meinen Schuh am Ski befestigen muss und gibt mir eine kleine Lektion auf dem Schnee.

Zu sagen, dass ich es nicht schnell begreife, ist eine Untertreibung.

„Du wirst den Dreh schon noch rauskriegen", sagt Jules.

„Vielleicht sollte ich erst einmal einen Kurs besuchen."

„Ist schon gut. Wir fahren auf den Hasen Hügeln." Sie hilft mir zum Skilift, und ich kann nicht anders, als ein flaues Gefühl in der Magengrube zu haben.

Ist es Nervosität?

Vielleicht weiß ich aber auch, dass ich nicht für das Skifahren geschaffen bin, und das die denkbar schlechteste Idee ist. Jules musste nicht viel tun, um mich zu überreden, es zu versuchen.

Ich gehe weiter, denn, wenn ich ehrlich bin, dieses Kind ist fünfzehn und hat keine Angst. Möchte ich, dass sie mich für einen Feigling hält? Verdammt, nein.

Und ich mag ihren Vater, auch wenn er ein muffeliger Berg-Mann ist, dem ein Ski-Resort gehört. Ich will sehen, was es mit dem ganzen Trubel auf sich hat, warum die Leute aus der ganzen Welt hierherkommen.

Habe ich schon erwähnt, dass ich kein großer Winterfan bin?

Meine Finger sind kühl, aber die Skistiefel sind wärmer als die gemütlichen, die ich im Hotel gelassen habe.

Die Bank schaukelt hin und her, während wir uns im Sessellift zurücklehnen. Die Stange hält uns locker auf dem Platz und verhindert, dass wir fallen. Ich ziehe meine Handschuhe aus, um den Skistock besser in den Griff zu bekommen, als mein Handschuh mit dem Stock und dem Telefon über die Stange fliegt.

Das ist Scheiße.

Ohne nachzudenken, stürze ich mich darauf, stoße die Stange los und falle blitzschnell aus dem Lift nach unten in den hohen Schnee.

Mit einem dumpfen Aufprall lande ich auf dem Boden, aber er ist nicht eben. Es gibt eine Steigung, und ich stürze hinunter, die Skiern noch an den Füßen.

Ich hätte stattdessen Snowboarden ausprobieren sollen.

Meine Hand ist vom Eis gefroren. Taub.

Ein Skistock liegt weit über der Stelle, an der ich hinuntergefallen bin.

Der andere Stock liegt auf halbem Weg den Hang hinunter, wo ich unglücklich gestürzt bin. Und mein

Telefon, ich habe keine Ahnung, wo das oder mein Handschuh gelandet ist.

Als ich endlich unten ankomme, merke ich, dass ich mich zwischen Bergen und Bäumen befinde. Mein Knöchel ist nicht mehr das Problem. Alles tut weh, als stünde mein Körper in Flammen.

Ich stöhne und brauche eine Minute, um mich wieder zu sammeln, nachdem mir der Wind aus den Segeln genommen wurde.

Ich schaue auf, und Jules starrt mich an, während die Fahrt weitergeht, und sie ist zu weit weg, um etwas zu tun.

„Ich hole Hilfe!", schreit sie. „Bleib da!"

Ja, wo soll ich denn sonst hin?

7

LOGAN

JULIANNA KOMMT in mein Büro gerannt. Sie hat ihren Helm und ihre Skischuhe an, aber den Rest der Ausrüstung hat sie nicht dabei.

Meine Tochter ist außer Atem, aber ihre Eindringlichkeit lässt mich aufblicken und besorgt sein.

„Was ist es?", frage ich.

Es ist nicht ungewöhnlich, dass sich ein Gast auf der Piste verletzt. Wir lassen jeden eine Haftungsverzichtserklärung unterschreiben, bevor er auf die Pisten geht.

Aber warum stürmt Julianna hier rein, als ob es das Ende der Welt wäre? Ich wusste gar nicht, dass sie heute Nachmittag zum Skifahren geht.

„Ich heiße Cali", sagt sie und schnappt nach Luft. Ihre Wangen sind rot, und sie macht eine Geste, ihr zu folgen.

„Was meinst du?" Die Schroffheit in meiner Stimme lässt sich nicht verbergen oder unterdrücken. Was zum Teufel hat Cali dieses Mal getan?

„Sie wollte skifahren gehen und fiel aus dem Sessellift."

„Natürlich ist sie das", murmle ich und reibe mir die Stirn. Ich schlüpfe in meine Winterstiefel, schnappe mir eine Jacke und gehe mit Julianna im Schlepptau nach draußen.

„Weißt du, ob sie verletzt wurde?", frage ich.

„Sie stürzte schwer und rollte dann den Hügel hinunter. Aber sie war noch bei Bewusstsein."

„Das ist gut." Zumindest der Teil, bei dem sie noch bei Bewusstsein war. „Warum zum Teufel war sie auf der Piste?" Ich hole die Notfallausrüstung und schnappe mir ein Schneemobil, an dem eine Schlitten-Trage befestigt ist.

Ich nehme mir ein Funkgerät und teile den anderen mit, dass einer unserer Gäste wahrscheinlich verletzt ist und wir zusätzliche Einsatzkräfte brauchen, die nach ihr suchen.

Julianna klettert auf den Rücksitz, und ich fahre in die Richtung, die sie vorgibt. „Wie zum Teufel konnte sie herunterfallen?", frage ich. Die Metallstange soll verhindern, dass die Gäste herunterfallen können.

„Ich weiß es nicht. Ihr Handschuh fiel herunter und dann ihre Skistöcke. Das Letzte, was ich weiß ist, dass sie nicht mehr neben mir saß, und der Sitz schwankte wie verrückt. Ich habe versucht, mich festzuhalten, damit ich nicht als Nächste falle.

„Ich habe ihr gesagt, dass sie nicht auf die Piste gehen soll! Verdammt!" rufe ich und gebe mehr Gas, um so schnell wie möglich zu Cali zu kommen.

Warum konnte sie nicht auf mich hören?

Die kalte Luft und der Wind vom Schneemobil fahren brennen mir auf den Wangen. Ich bin nicht für eine Schneerettung gekleidet. Obwohl ich unsere Skistaffel um Hilfe gebeten habe, müssen sie auch die Gäste auf den Pisten im Auge behalten.

Je weiter wir uns vom Hotel entfernen, desto kälter fühlt sich jeder Zentimeter meines Körpers an. In der Ferne kann ich ihr dunkles Haar im Schnee sehen. Die Sonne beginnt, hinter den Bergen unterzugehen, und ich funke unseren Standort an, um Hilfe zu bekommen.

Ich stelle den Motor neben ihr ab und steige vom Motorschlitten.

Cali zieht eine Grimasse und wirft meiner Tochter einen Blick zu. „Du hast *ihn* um Hilfe gebeten?"

Ich bin auch nicht glücklich darüber. Warum zum Teufel war Cali auf der Skipiste? Sie hat sich vor ein paar Tagen den Knöchel verletzt und ist ständig gestürzt. Wie kam sie darauf, dass das eine gute Idee ist?

Ich beuge mich auf die Höhe von Cali, und Julianna nimmt den Erste-Hilfe-Kasten von der Trage. „Hol mir eine Taschenlampe", fordere ich meine Tochter auf.

Sie öffnet den Reißverschluss der Tasche und reicht sie mir. Ich schalte sie ein und richte sie auf Calis Augen, um sicherzugehen, dass sie keine Gehirnerschütterung oder einen bleibenden Hirnschaden hat. Ihre Pupillen reagieren normal. Das ist ein gutes Zeichen.

„Kannst du für mich mit den Zehen wackeln?"

„Ich kann stehen, aber mein Knie tut weh", sagt Cali. „Und mein Knöchel tut mir auch keinen Gefallen."

„Nicht aufstehen." Ich will keine weiteren Verletzungen riskieren. „Ich habe ein Team, das auf dem Weg ist. Wir werden dich auf die Bahre legen und zu Dr. Reynolds bringen, der dich untersuchen wird."

Sobald die Skipatrouille eintrifft, wird sie auf die Trage gelegt, angeschnallt und in eine Decke gehüllt, damit sie keinen Schock erleidet und nicht erfriert.

Ich fahre mit dem Motorschlitten zurück und lasse mir Zeit, denn Cali ist fest angebunden. Ich traue diese Aufgabe keinem anderen zu. Als ich vor dem medizinischen Gebäude ankomme, wird sie mit der Trage hineingetragen.

Da ich nicht mit ihr hineingehen kann, warte ich draußen. Juliannas Augen sind rot, aber ich bin sicher, das kommt von der Kälte.

„Geh rein, mach dich fertig fürs Abendessen", sage ich.

„Ich bin nicht hungrig."

Ich bin es auch nicht.

Ich mache mir einfach Sorgen um Cali und wie es ihr geht.

„Es ist alles meine Schuld." Ihre Augen füllen sich mit Tränen.

„Was ist?", frage ich und ziehe sie zu einer Umarmung heran.

„Cali wäre nicht zum Skifahren gegangen, wenn ich sie nicht dazu überredet hätte. Es ist meine Schuld, dass sie verletzt ist."

Ich reibe Julianna den Rücken und bringe sie in den Wartebereich der Klinik. Wenigstens ist es drinnen warm. Ich habe die Wärme vielleicht nicht verdient, aber meine Tochter muss nicht unter den Dingen leiden, die ich gesagt habe und die Cali verletzt haben.

„Das ist nicht deine Schuld. Es war ein Unfall", sage ich. „Du solltest essen gehen. Du kannst Izzie anrufen und fragen, ob sie dich begleiten möchte."

„Sie hat andere Pläne. Ich werde hier warten. Ich will Cali sehen."

Ich setze mich auf den harten Plastikstuhl. „Ich auch", sage ich.

„Du wirst ihr nicht das Leben schwer machen, wenn du sie siehst." Julianna streift ihren Mantel ab, reicht mir die Jacke und verschränkt die Arme vor der Brust.

Ich schiebe die Jacke zu ihr zurück. „Geh und schaffe die Jacke weg."

Sie stöhnt und rollt mit den Augen. „Gut. Aber ich werde im Atrium erfrieren."

„Du wirst fünf Minuten überleben."

Sie schnaubt und eilt aus der Klinik zum Haupteingang. Sie bleibt nicht länger als ein paar Sekunden im Atrium und rennt so schnell wie möglich davon.

Stille erfüllt den Raum, und schließlich taucht Cali mit einem Satz Krücken aus dem Hintergrund auf.

Das kann nicht gut gehen. Das Mädchen kann kaum auf zwei Beinen gehen, und sie hat Krücken?

„Nur ein verstauchter Knöchel und ein geprelltes Knie", sagt Cali. „Der Arzt sagt, ich kann froh sein, dass ich mir keinen Knochen gebrochen habe."

„Und die Krücken sind für …"

„Stabilität, damit ich von der einen Seite des Hotels auf die andere kommen kann. Du musst mich nicht tragen." Sie grinst frech.

Mein Schwanz zuckt in meiner Jeans, wenn ich daran denke, wie ich sie getragen habe. Ich räuspere mich, weil ich eine Ablenkung brauche. Die eisigen Temperaturen draußen sollten dafür ausreichen. „Bist du bereit?", frage ich und öffne die Tür.

Cali zuckt vor Kälte zusammen und humpelt dann mit den Krücken durch das Atrium. Sie braucht länger, als es sein sollte. Sie kann nicht gut damit umgehen, und zu sagen, dass ich nicht besorgt bin, ist eine Untertreibung.

Ich warte ständig darauf, dass sie umkippt und ich ihr zur Seite springen muss, um sie aufzufangen.

Ich halte ihr die Tür zum Hotel auf, während sie langsam hineingeht.

„Cali!", quiekt Julianna und kommt aus dem Flur auf uns zugerannt.

„Hey", sagt Cali und lächelt herzlich. „Danke, dass du mir geholfen hast."

„Selbst wenn es der schrullige alte Mann wäre?", scherzt Julianna.

„Ich bin hier", sage ich und winke mit der Hand. Sie tun so, als ob ich unsichtbar wäre, reden über mich, während ich direkt vor ihnen stehe.

„Hörst du jemanden reden?" scherzt Cali.

Ich stöhne und rolle mit den Augen. „Ihr zwei könnt zusammen essen gehen."

Cali ergreift meinen Arm und hakt sich bei mir unter. „Danke, dass du mir das Leben gerettet hast."

Ich würde sagen, dass sie ein wenig über dramatisch ist, aber sie hätte erfrieren können, wenn meine Tochter nicht bei ihr gewesen wäre und Hilfe geholt hätte. „Gern geschehen. Wie wär's, wenn wir alle zusammen essen gehen?"

Cali zwingt sich zu einem Lächeln und klemmt ihre Unterlippe zwischen die Zähne. Ich kann nicht sagen, ob sie nervös ist oder zögert. „Ich gehe nur schnell auf mein Zimmer. Es war ein langer Tag."

„Du musst essen", sage ich. „Vor allem, wenn der Arzt dir irgendwelche Schmerzmittel gegeben hat."

„Nur Ibuprofen. Er hat mir nichts von dem guten Zeug gegeben", scherzt sie.

Ich starre sie an. „Mit Drogen ist nicht zu spaßen." Ich wende meine Aufmerksamkeit Julianna zu, damit auch sie die Botschaft versteht.

„Ich hab's, Papa. Mensch, du bist manchmal so lahm." Julianna läuft auf der einen Seite von mir, während Cali auf der anderen Seite auf Krücken humpelt.

Ich will Cali helfen. Verdammt, ich würde sie durch das ganze Hotel tragen, wenn das bedeuten würde, dass sie den Rest der Zeit, die sie hier ist, sich nicht erneut verletzt. Aber ich bezweifle, dass sie mich das für sie tun lassen würde.

Ich ignoriere die Bemerkung meiner Tochter. „Wie lange bist du in der Stadt?", frage ich und gehe langsam neben Cali her, als wir uns dem Restaurant nähern. Heute Abend werde ich nicht für sie kochen. Das letzte Mal, als ich sie ins Penthouse eingeladen habe, hat sie einen falschen Eindruck von mir bekommen.

Nicht, dass es allein ihre Schuld gewesen wäre. Ich habe ihr Signale gegeben, die ihr zeigten, dass ich an ihr interessiert war. Weil ich interessiert war, konnte ich die Signale nicht abstellen, selbst wenn mein Leben davon abhinge.

Ich werde es heute Abend besser machen. Es bleibt professionell zwischen uns. Immerhin ist sie geschäftlich hier, und ich will die Bewertung für das Resort nicht beschmutzen.

„Ich reise übermorgen ab."

„Was ist mit deinem Handy?", fragt Julianna. „Wir haben es nicht wiedergefunden, als du vom Skilift gefallen bist."

„Das ist in Ordnung. Das gesamte Filmmaterial sollte in der Cloud gesichert sein. Ich kann darauf zugreifen, wenn ich nach Hause komme. Allerdings muss ich mich bei meiner Chefin melden und sie wissen lassen, dass ich ihre SMS nicht ignoriere."

„Du kannst mein Telefon benutzen", biete ich an.

Nachdem wir an unserem privaten Tisch im hinteren Teil des Restaurants Platz genommen haben, setzt sich Cali an den Tisch, und ich setze mich mit meiner Tochter ihr gegenüber. Die Kellnerin reicht uns allen die Speisekarten. Ich weiß schon, was ich will, und

Julianna wirft nicht einmal einen Blick auf die Speisekarte.

Wir haben hier oft genug gegessen, um zu wissen, was gut ist und was hervorragend ist. Nichts ist schlecht.

Wir geben unsere Bestellungen auf, und ich bestelle eine Flasche Weißwein für den Tisch und zwei Gläser. Julianna bekommt keinen Alkohol, bevor sie einundzwanzig ist.

Die Kellnerin kommt mit zwei Gläsern zurück, lässt den Korken knallen und lässt mich daran riechen, bevor sie jedem von uns ein Glas einschenkt.

„Kann ich einen Schluck haben?", fragt meine Tochter.

„Du kennst die Regeln." Ich kann nicht riskieren, dass unser Restaurant seine Schanklizenz verliert, weil es an Minderjährige ausschenkt.

Ich nehme einen Schluck. Der Alkohol ist süß und wohlriechend und nicht im Geringsten bitter. Es gibt kein brennendes Gefühl wie bei billigem Wein.

Ich hole mein Handy aus der Hosentasche, entsperre es und reiche es Cali. „Ich hoffe, du weißt ihre Nummer noch."

„Ich schwöre, es heißt Teufel", sagt Cali lachend. Sie öffnet den Nachrichtenbereich und beginnt zu tippen. Ein leiser Seufzer ertönt, und dann schaut sie zu mir auf, bevor sie ihre Nachricht weiterschreibt und auf Senden drückt. „Ich wusste nicht, dass du Bridget Lancaster kennst."

Der Name hinterlässt einen bitteren, Geschmack auf meinen Lippen. „Gehst du durch meine Kontakte?" Ich greife nach meinem Telefon.

„Nein, aber ihr Name tauchte auf, als ich ihre Telefonnummer eingab. Bridget ist meine Chefin."

Mein Magen verkrampft sich, und meine Hände ballen sich zu Fäusten. „Ich möchte mein Handy jetzt zurück", knurre ich sie an und reiße ihr das Gerät aus den Fingern.

„Ex-Freundin?", vermutet Cali aufgrund meines plötzlichen Stimmungsumschwungs.

„Nein. Obwohl diese Frau versucht hat, meine Ehe zu zerstören."

„Wie?" Juliannas Augen leuchten auf, als sie sich nach vorn beugt, um alle schmutzigen Details zu erfahren.

Das ist kein Gespräch, das ich vor meiner fünfzehnjährigen Tochter führen sollte. „Wir reden nicht über *Bridget*", sage ich spöttisch. „Diese Frau war nichts als eine Bedrohung."

Das mulmige Gefühl in meiner Magengrube will nicht verschwinden. Ist das der Grund, warum Cali hier ist?

Um meinen Ruf und das Unternehmen zu zerstören, dem ich gerade wieder geholfen habe, auf die Beine zu kommen?

Das Blue-Sky-Resort hatte in den letzten zehn Jahren einige Probleme, wobei eine Geiselnahme zu den schlimmsten Vorfällen gehörte. Aber ich glaubte, ich könnte den Ort umkrempeln und ihm neues Leben einhauchen. Hatte ich Unrecht?

„Nun, ich kann dir versichern, Herr Henderson, dass mein Videobericht ehrlich und aufrichtig sein wird. Was auch immer an bösem Blut zwischen dir und Bridget ist, es wird sich nicht im Endprodukt widerspiegeln."

Ich möchte erleichtert sein, aber ich kann es nicht. Nicht, bevor ich nicht sehe, was die Welt zu sehen bekommt.

„Das weiß ich zu schätzen, und zum x-ten Mal, bitte nenne mich Logan."

„Natürlich", sagt sie, und ihre Wangen röten sich.

Das Abendessen wird an den Tisch gebracht, und Julianna rührt ihr Essen nicht einmal an. Sie blickt immer wieder zwischen Cali und mir hin und her.

„Papa, ist es in Ordnung, wenn ich mein Essen mit nach oben nehme?", fragt Julianna.

Stimmt etwas nicht? Fühlt sie sich nicht wohl? „Warum?", frage ich.

„Die sexuelle Spannung zwischen euch beiden ist spürbar. Ich weiß, du bist wütend auf das, was Mama getan hat", sagt Julianna und starrt mich an. „Aber Cali ist süß, und soweit ich weiß, ist sie Single. Genießt euren gemeinsamen Abend. Bleibt nur nicht länger als bis zur Sperrstunde weg."

Bevor ich meiner Tochter sagen kann, dass sie sich wieder hinsetzen und mir Gesellschaft leisten soll, schnappt sich die Kleine ihren Teller und ihr Besteck und verlässt fluchtartig das Restaurant.

„Ich glaube, wir haben uns gerade verabredet", sagt Cali. Ihre Zunge schiebt sich heraus und leckt über ihre Mundwinkel. Sie legt ihre Gabel auf dem Tisch ab.

„Stimmt etwas mit deinem Essen nicht?"

„Nein, ich kann die Kellnerin bitten, es einzupacken und auf mein Zimmer zu bringen."

Ich nehme einen Bissen vom chilenischen Wolfsbarsch, und die hausgemachte Soße, die darüber geträufelt wird, ist absolut verblüffend. Der Chefkoch hat sich wieder einmal selbst übertroffen.

„Warum solltest du das tun?", frage ich und schaue zu Cali auf. „Nur weil meine Tochter abgehauen ist, heißt das noch lange nicht, dass du gehen musst. Außerdem bezweifle ich, dass du dein Essen und die Krücken bis zu deinem Zimmer tragen kannst."

Ihre Augen verengen sich. Sie weiß, dass ich recht habe. „Ich habe versucht, das Ganze nicht noch unangenehmer zu machen, als es ohnehin schon ist", sagt Cali.

„Warum ist es unangenehm?" Ich nehme noch einen Bissen und probiere das hausgemachte Knoblauchpüree.

„Abgesehen davon, dass du mich hasst?" Sie lacht nervös und weicht meinem Blick aus, während sie in ihrem Essen herumstochert.

„Schmeckt dir dein Essen nicht?", frage ich und kommentiere, dass sie das Essen auf ihrem Teller hin und her schiebt.

Sie erzwingt ein Lächeln. „Das Essen ist nicht das Problem."

„Warum isst du dann nichts?" Ich ignoriere ihre Bemerkung. Ich weigere mich, das Problem zu sein. Ich habe nichts falsch gemacht. Zumindest nicht heute. Ich habe ihren Arsch draußen in der Kälte und im Schnee gerettet.

Cali seufzt und nimmt einen Bissen vom Kartoffelpüree, um ein Zeichen zu setzen. Sie stöhnt beim ersten Bissen, und die Sturheit, die sich wie ein Blutegel festgesetzt hat, lässt endlich nach. „Man, ist das gut. Besser als Sex", murmelt sie und nimmt einen weiteren Bissen.

Sie schließt ihre Augen, und das Stöhnen, das sie ausstößt, macht meinen Schwanz hart.

Regt sie mich absichtlich auf?

Ist ihr klar, was sie tut, welche Macht sie über mich hat?

„Ich glaube nicht, dass eine Mahlzeit besser sein kann als Sex." Da muss ich ihr widersprechen.

Ich will sie nicht mögen. Aber aus irgendeinem Grund fühle ich mich zu ihr hingezogen, ich kann meinen Blick nicht von ihr losreißen und mein schmelzendes Herz nicht wieder einfrieren lassen.

Es ist, als könnte sie die Barriere einreißen, indem sie das Eis mit der Wärme ihres unschuldigen Lächelns auftaut.

Aber das ist schon alles, was unschuldig ist. Die Art, wie sie an der Gabel saugt und stöhnt, ist geradezu orgasmisch. Macht sie das absichtlich, um mich steinhart zu machen?

Wenn ich höre und sehe, wie sie stöhnt, und wie ihr Körper reagiert, möchte ich sie küssen. Aber ich sollte es nicht tun. Sie ist nur aus geschäftlichen Gründen hier. Cali ist nicht auf der Suche nach Sex, und ich brauche keine Affäre. Ich bin kein Typ für einen One-Night-Stand. Das ist allein Wyatts Sache.

Außerdem ist meine Tochter oben, und sie muss nicht sehen oder hören, was ich mit Cali anstellen würde, wenn ich sie in meinem Bett hätte.

„Ich weiß nicht, Logan. Diese Kartoffeln sind zum Sterben gut."

Einen Moment lang warte ich darauf, dass sie lacht oder mir sagt, dass sie nur einen Scherz macht. „Wir haben die gleichen Kartoffeln", sage ich. Unser Essen ist anders, aber ich bin mir sicher, dass die Knoblauchkartoffeln aus der gleichen Charge stammen.

„Und du glaubst immer noch, dass Sex besser ist?" Sie lacht und reibt sich die Augen, wobei ihr die Tränen kommen. Aber wenigstens ist sie nicht verärgert. Sie lacht so sehr, dass ihr die Tränen überlas Gesicht laufen. „Es tut mir leid." Sie hält ihre Hand hoch und versucht, Luft zu holen.

„Warum entschuldigst du dich?"

„Weil du denkst, du bist ein König im Bett", sagt Cali. Ihre Wangen sind rot, und sie fächelt sich Luft zu. „Ich sage dir, kein Sex ist besser als dieses Abendessen."

„Ist das eine Herausforderung?" Ich sollte meinen Mund halten. Aber die Frau hat eine Art, mir unter die Haut zu gehen. Glaubt sie wirklich, dass diese Kartoffeln besser sind als Sex? Entweder hatte sie wirklich schlechten Sex oder sie hat noch nie einen Orgasmus nach dem anderen erlebt.

Wie auch immer, ich bin zuversichtlich, dass ich sie umstimmen kann.

„Man macht keinen Sex ohne Verpflichtungen", sagt Cali.

Sie hat recht, das tue ich nicht. Aber aus irgendeinem Grund habe ich auch nicht das Gefühl, dass es das ist, wonach dieses Mädchen sucht. Sie ist seit einer Woche hier, und wir haben mehr Zeit miteinander verbracht, als ich mit jedem anderen Gast verbringen würde, den ich nicht persönlich eingeladen habe.

„Ich nicht", sage ich und starre sie an. „Ist das ein Problem?"

Cali zuckt mit den Schultern. „Ich fahre in zwei Tagen und nichts für ungut, aber ich hasse die Kälte."

Sie macht deutlich, dass sie nicht vorhat, zurückzukommen oder länger hierzubleiben. Ich sollte verärgert, enttäuscht und verzweifelt sein.

„Ich hasse die Sommerhitze", sage ich und fixiere sie mit meinem Blick.

Das Mädchen blickt mich mit einem schiefen Grinsen an. „Ist das deine Vorstellung von Vorspiel, alter Mann?"

„Alter Mann?" Ich spotte und möchte mich über den Tisch stürzen. Stattdessen stehe ich auf und gehe an ihre Seite vom Tisch heran. Sie hat ihr Bein hochgelegt, und ich setze mich neben sie und lege meinen Arm um ihre Schultern. „Vielleicht solltest du dich auf meinen Schoß setzen, Kleines."

Sie stößt mich mit dem Ellbogen in den Bauch, lehnt sich zurück und wackelt mit ihrem Hintern gegen meinen Schritt. „Ich bin fast dreißig." Calis Kopf sinkt auf meine Schulter, und meine Finger greifen in ihren Nacken, neigen ihren Kopf und ziehen ihre Lippen auf meine.

Unsere Lippen treffen aufeinander, und meine Finger fummeln an ihr herum. Ich kann nicht genug von ihr bekommen. Mein Herz hämmert gegen meinen Brustkorb und will sich befreien.

„Vierzehn Jahre Altersunterschied", murmele ich. Verdammt, das ist fast so alt wie meine Tochter, nur dass Cali kein Kind ist. Sie ist eine erwachsene Frau. Jeder Zentimeter von ihr ist eine Frau, von den Rundungen ihrer Brüste bis hinunter zu ihrem Körper. Sie ist absolut perfekt, und ich will, dass sie ganz mir gehört.

Ficken. Die Frau weiß, wie sie mich noch härter machen kann.

Als ihre Zunge in meinen Mund eindringt, den Kuss vertieft und mich erforscht, kann ich nur daran denken, wie es sich anfühlen würde, sie unter mir zu haben, meinen Schwanz in sie zu pumpen, sie zu hören, wie sie stöhnt und meinen Namen schreit.

Aber wo zum Teufel sollen wir hin?

Ich kann sie nicht mit zu mir nach Hause nehmen. Wir könnten uns in ihr Zimmer schleichen und es dort treiben. Ist das nicht das, was die fast Dreißigjährigen heutzutage tun?

Meine Finger wandern über ihre Schenkel, und ich streichle ihre Muschi durch den dicken Jeansstoff. Sie wiegt sich in meiner Handfläche, und ich bin dankbar, dass der Tisch verdeckt, was wir tun, denn keiner von uns beiden ist völlig diskret.

„Ist dir das Essen immer noch lieber als meine Berührung?", frage ich und ziehe meine Hand weg.

Cali wimmert aus Protest. Sie lehnt ihre Stirn an meine und schnappt nach Luft. „Ich will – ich will dich", sagt sie, und ihre Worte sind wie Musik in meinen Ohren.

„Erst, wenn du aufgegessen hast. Alles davon", warne ich. „Du wirst deine Kraft brauchen."

Sie wimmert und ich ziehe mich so weit zurück, dass sie essen kann, ohne zu ersticken. Sex und der Rest unseres Vorspiels müssen warten. Ich beobachte sie aufmerksam, während sie ihre Mahlzeit hinunterschlingt, und dann gehen wir. Es gibt keine Rechnung zu begleichen oder Trinkgeld zu hinterlassen. Ich bezahle meine Angestellten schon sehr gut.

„Wohin?", fragt Cali, als sie mit ihren Krücken vom Tisch aufsteht.

„Ein Zimmer", sage ich und hebe sie hoch. „Lass deine Krücken hier. Ich werde sie später auf dein Zimmer bringen lassen." Ich trage sie aus dem Restaurant und zum Aufzug.

„Zu dir oder zu mir?"

„Deins. Meine Tochter ist oben, und ich will nicht, dass sie die ganze Nacht meinen Namen schreien hört."

„Oh, aber die Gäste nebenan dürfen es hören?"

„Wenigstens sind sie nicht verwandt", sage ich. Ich drücke mit dem Ellbogen auf den Knopf, um nach oben zu fahren. „Welche Etage?"

„Zwölf."

Ich drücke den Knopf für den zwölften Stock und warte, bis sich die Doppeltüren schließen.

„Hast du mich vorhin mit den Kartoffeln verarscht?", frage ich. Zu diesem Zeitpunkt ist es mir egal, aber ich will die Wahrheit wissen.

Sie schüttelt den Kopf und legt ihre Arme um meinen Hals, während sie sich an mich schmiegt. „Du kannst mich runterlassen", sagt Cali.

„Und das Risiko eingehen, dass ein anderer Mann dich mir wegnimmt? Ich glaube nicht."

Ihre Finger wandern über meine Brust, und ich knurre, während ich mich anstrenge, und darauf konzentriere, Cali in ihr Zimmer zu bringen.

„Zimmernummer?" Ich muss wissen, in welche Richtung ich den Flur entlanggehen muss.

„Zwölf-zweiundzwanzig".

Ich gehe nach rechts, es sind nur vier Zimmer den Flur entlang.

„Zimmerschlüssel?", frage ich, setze sie ab und lehne sie an die Rückseite der Tür, damit sie ihre Zimmerkarte herausholen kann.

Ihre Augen weiten sich, und sie zieht eine Grimasse.

„Lass mich raten. Sie ist mit deinem Telefon im Schnee vergraben."

„Wahrscheinlich."

In meinem Büro gibt es einen Generalschlüssel, aber es geht schneller, wenn ich nach unten gehe und das Personal einen neuen Schlüssel für das Zimmer registrieren lasse.

„Bleib hier", brumme ich und eile hinunter in die Lobby, um zwei Zimmerkarten registrieren zu lassen und ein Kondom aus der Schublade der Rezeption zu holen.

In Rekordzeit bin ich wieder oben im zwölften Stock. „Das hat auch lange genug gedauert", scherzt Cali. Ich bin froh, dass sie ihre Meinung nicht geändert hat.

Ich reiche ihr die Zimmerschlüssel und lasse sie die Tür aufschließen, um mich einzuladen. „Komm rein, obwohl du sicher weißt, wie es hier aussieht." Sie lacht und humpelt zwei Schritte, bevor ich sie hochnehme.

„Du wirst dir nicht wieder den Knöchel oder das Knie verletzen", sage ich und trage sie zum Bett. Behutsam lege ich sie auf die Matratze, und sie schaut mit einem schiefen Grinsen zu mir hoch. „Was?"

„Du bist ritterlich. Ich dachte, das gibt es nur in Filmen und Büchern."

Mit meinen Händen befreie ich ihre Füße von den Stiefeln. Es sind die, die sie sich geliehen hat und die sie morgen zurückbringen muss.

Sie knöpft den Knopf ihrer Jeans auf und hebt ihre Hüften an. Ich helfe ihr aus den Kleidern, und bin begierig darauf, sie auszuziehen. Ich möchte sie schänden, jeden Zentimeter ihrer perfekten Haut küssen.

Cali zieht eine Grimasse, als die Jeans über ihre Knie rutscht. Sie hat einen frischen Bluterguss von dem Sturz, aber der Arzt hat sich ihre Verletzungen bereits angesehen.

Ich halte inne. Vielleicht sollten wir das heute Abend nicht tun. „Ich sollte dich ausruhen lassen."

„Wage es ja nicht", faucht Cali, setzt sich auf und wirft ihre Beine über die Bettkante, bereit, mir hinterherzulaufen. „Komm wieder her, Logan. Du hast versprochen, mir zu zeigen, dass Sex besser ist als Essen."

„Oh, das ist es", sage ich. Sie kann mich nicht vom Gegenteil überzeugen. „Bist du sicher, dass du das willst?" Ich will ihr nicht wehtun, und sie hat schon viel durchgemacht. Ich klettere auf das Bett und stütze mich neben ihren Hüften ab.

Ich beuge mich hinunter, bedecke ihre Lippen mit meinen und koste gierig. Sie ist warm unter mir, und ich schiebe ihr Hemd hoch, ziehe es über ihren Kopf und werfe es auf den Boden.

„Wie kommt es, dass ich nackt bin und du noch alle deine Sachen anhast?"

„Du bist nicht ganz nackt", sage ich. Cali trägt immer noch ihren Slip und ihren BH, obwohl ich sie sofort ausziehen würde, wenn es nach mir ginge.

Ihre Fingernägel fahren an meinem Bauch entlang und lösen den Knopf meiner Jeans. Sie schiebt den Reißverschluss nach unten, und ihre Hand geht direkt zum Angriff über.

Ich fasse ihr Handgelenk. „Langsam, *Schätzchen*." Ich drücke ihr Handgelenk auf die Matratze, lege sie auf den Rücken und bewundere ihre Schönheit. Jeder Zentimeter von ihr ist hinreißend.

Meine Lippen wandern hinunter zu ihrem Hals, ziehen eine sanfte Spur über ihre Haut und genießen diesen Moment. Ich habe nicht vor, es nur einmal zu tun, aber wenn ich mir etwas in den Kopf setze, mache ich mir Sorgen, dass ich sie nie wieder sehen werde.

Das ist Wahnsinn.

Ich kann zur nächstgelegenen Landebahn fliegen und sie besuchen, wann immer mir danach ist. Das ist einer der Vorteile, wenn man Milliardär ist. Mein Atem kitzelt ihre Haut, als ich heiße Küsse auf ihr Schlüsselbein gebe. Ich will sie kennzeichnen und jeder Mann sollte wissen, dass sie mir gehört.

Sie krümmt ihre Hüften unter mir, sie reibt sich und stöhnt, nur weil meine Lippen auf ihrer Haut liegen. Calis Finger schieben sich unter mein T-Shirt. Sie zieht mir das T-Shirt über den Kopf und hilft mir, es auszuziehen. Ihre Berührung ist wie Lava, heiß und fließt durch mich hindurch bis in mein Innerstes.

Sie versucht, uns herumzudrehen, aber ich lasse sie nicht. „Nächstes Mal, Kleine", flüstere ich und schaue mit einem verschmitzten Grinsen auf sie herab. „Du musst dich erst einmal erholen."

„Kleines Ding? Ich bin nicht dein kleines Etwas." Sie bellt nur und beißt nicht. Aber das ist eines der Dinge, die ich an Cali liebe.

Liebe.

Innerlich ziehe ich eine Grimasse und schimpfe mit mir selbst, weil ich so ein Wort schon benutzt habe.

Wir kennen uns kaum. Aber wir scheinen uns sehr schnell kennenzulernen.

Ich knurre sie an, nehme ihre Unterlippe zwischen die Zähne und das Stöhnen, das sie ausstößt, versetzt mich in pure Glückseligkeit. Wenn ich in ihren Armen sterben würde, wäre ich ein glücklicher Mann.

Ich hebe meine Hüften hoch und schiebe meine Jeans ganz nach unten, stoße sie mit den Füßen ab und werfe sie zu Boden. „Du bist umwerfend", flüstere ich, meine Aufmerksamkeit ist wieder auf ihren Körper gerichtet, ich bete sie an, während ich jeden Zentimeter ihres Körpers verschlinge.

Ich drücke den hinteren Verschluss ihres BHs zu, der Stoff gleitet mit Leichtigkeit herunter und ich senke meine Lippen auf ihre Brüste, weil ich sehen will, wie sie sich unter meinen Berührungen windet.

Sie zittert und schnurrt, ihre Beine schlingt sie um mich.

„Findest du immer noch, dass das Abendessen besser ist?" Ich necke sie, meine Wange streichelt ihren Bauch, mein Bart ist kratzig und dicht. Ich streiche sanft über ihre Haut, will sie erregen, aber nicht verletzen.

„Ich entscheide", raspelt sie, aber das Lächeln auf ihrem Gesicht verrät mir, dass sie genauso neugierig ist, wie ich sie mir vorstelle. Sie genießt die Aufmerksamkeit und fährt mit ihren Fingern durch mein Haar, während sich meine Lippen nach unten bewegen.

„Wie viele Orgasmen hattest du in einer Nacht?", frage ich, klettere ihren Körper hinunter und küsse eine sanfte Spur ihre Beine hinauf. Ich beginne mit ihren Kniekehlen, gehe langsam vor, lasse mir Zeit, höre auf ihr leises Atmen und Stöhnen, während ich mich immer weiter zu ihren Innenschenkeln vorarbeite.

„Mit einem Partner?", fragt sie, und ihre Finger krallen sich in die Bettwäsche. „Oder allein?"

Mir gefällt, dass sie zugibt, dass sie masturbiert. Die meisten Frauen schrecken vor solchen Gesprächen zurück, was mich dazu bringt, dass ich das nächste Mal vielleicht das Vergnügen habe, sie dabei zu beobachten, wie sie sich für mich berührt.

„Partner", sage ich, und meine Stimme verrät mich, sie klingt höher, als ich beabsichtige.

„Eins."

Ein breites Grinsen ziert mein Gesicht. Das wird ein leicht zu schlagender Rekord sein. „Niemand hat dir multiple Orgasmen verschafft?" Ich bin schockiert. Die Frau hat es verdient, sich immer wieder auf der Spitze der Welt zu fühlen.

„Das muss nicht sein. Ich werde beeindruckt sein, wenn du mir einen geben kannst."

„*Schatz*, ich verspreche dir nicht weniger als drei."

Ich schwöre, es fühlt sich wie ein Geschäft an, so wie wir hin und her verhandeln.

„Und wenn du deine Zusage nicht einhältst?", fragt Cali. Ein verschmitztes Grinsen zeigt sich auf ihrem Gesicht. Hat sie etwas im Sinn, das sie von mir will?

„Darüber musst du dir keine Sorgen machen. Wenn wir fertig sind, wirst du nicht mehr zählen können, wie oft du meinen Namen schreist."

Ich knabbere spielerisch an der Innenseite ihres Oberschenkels, und sie stöhnt und wirft ihren Kopf zurück, den Kiefer gespreizt, die Augen geschlossen. „Sieh mich an", befehle ich.

Ihre blauen Augen öffnen sich nur mühsam und starren mich an. Sie beißt auf ihre Unterlippe, und ich küsse durch ihr Höschen eine Spur über ihre Muschi. Ich vermeide ihren Kitzler, fahre aber mit meiner

Zunge an ihrem Schlitz entlang und schmecke ihre Nässe durch den dünnen Stoff.

Sie will, dass ich es ihr so richtig besorge. Ich merke, dass sie unruhig und kribbelig ist, aber ich werde ihren ersten Orgasmus nicht ohne ein ausgiebiges Vorspiel verschwenden. Ich will, dass sie erregt ist, ihre Muschi pocht und sie mich anfleht, sie zu ficken.

Cali stöhnt, und eine Hand streicht durch mein Haar. Ihre Berührung fühlt sich fantastisch an. Ihre andere Hand zerrt an den Laken und zittert, als ich ihr Höschen zur Seite ziehe und ihre Falten auseinanderziehe, um ihre glitzernden Säfte zu bewundern, die zeigen, wie erregt sie ist.

Sie wackelt mit den Hüften.

„Zieh sie aus", sagt sie und zeigt mir, dass ich ihr den Slip ausziehen soll. Ihre Finger landen auf dem Gummiband, aber ich folge ihrer Anweisung nicht.

„Nicht bevor du deinen ersten Orgasmus hattest", sage ich.

Ein Wimmern entweicht ihren Lippen, und sie bedeckt ihr Gesicht mit der Hand. „Das ist Folter."

„Soll ich aufhören?", frage ich.

„Nein!" Sie reißt ihre Augen auf und starrt mich an. „Ich möchte, dass du mir einen Orgasmus schenkst.

Einen, von dem du so schwärmst, den ich aber noch nicht erlebt habe."

Sie spielt mit mir und versucht, mich dazu zu bringen, ihrem Verlangen nachzugeben.

„Und das wirst du, wenn ich bereit bin", sage ich.

Mit meiner Hand halte ich ihr Höschen zur Seite und lecke an ihrem Schlitz entlang, schmecke ihre Nässe und reize ihre geschwollenen Lippen.

Sie beugt ihre Knie für mich. „Gutes Mädchen", sage ich, als sie mir eine bessere Sicht und mehr Platz zum Lecken und Saugen ihrer Muschi gibt. Sie schmeckt süß und sündhaft. Ich schiebe meine Zunge in ihre Wärme, lecke und ficke sie mit der Zunge, wo ich meinen Schwanz haben will.

Cali verlagert ihre Hüften und winkelt ihre Muschi an, damit ich ihre Klitoris erreichen kann. „Frag mich, ob ich deine Klitoris berühre", sage ich mit einem süffisanten Lächeln und fahre fort, über ihre Nässe und Wärme zu lecken.

„Willst du meine Klitoris berühren?"

„Noch nicht", sage ich und ziehe sie auf.

Sie stöhnt und wimmert, und nach ein paar Sekunden schiebt sie ihre Hand zwischen ihre Schenkel. Ich lasse sie sich selbst berühren, bevor ich ihre Finger in meinen

Mund ziehe. Ich krabbele wieder an ihrem Oberkörper hoch, küsse sie, schmecke sie, verschlinge ihre Lippen.

Cali schlingt ihre Beine um mich und versucht, uns herumzudrehen, aber ich lasse sie nicht. „Logan", schnurrt sie, und es ist das erste Mal, dass sie heute Abend meinen Namen stöhnt. Aber es wird nicht das letzte Mal sein.

Mein Schwanz ist steinhart. Cali klingt absolut sündhaft, mit meinem Namen auf den Lippen. Das ist nicht das Einzige, was ich auf ihren Lippen haben will.

Ich knurre und reiße ihr das Höschen herunter, wobei der Stoff zerrissen wird. Mein Schwanz zuckt, und ich will unbedingt in ihrer Wärme vergraben sein.

Ich fahre mit den Fingern über ihren Kitzler, will sie zum Höhepunkt bringen, will ihr Stöhnen hören und spüren, wie ihre Wärme und Enge meinen Schaft umschließen.

Ihre Hüften kreisen mit meinen Händen, und ich lasse sie zu ihrem ersten Orgasmus kommen, erfreut über das Keuchen und Stöhnen, das ihr über die Lippen kommt.

Bevor sie Zeit hat, sich zu erholen, nehme ich ein Kondom, ziehe es über und reize ihre Schamlippen mit der Spitze meines Schwanzes.

„Fuck", murmelt sie, als ihr Körper von ihrem ersten Orgasmus herunterkommt.

„Wir sind noch nicht fertig, *Schatz*." Ich greife ihr gutes Bein und hebe es auf meine Schulter, während ich meinen Schwanz in sie schiebe.

Sie ist nass und glitschig, aber fester, als ich es mir vorgestellt habe.

„Logan", stöhnt sie meinen Namen, während ich weiter in ihre Wärme eindringe, sie dehne und sie mit jedem Zentimeter von mir ausfülle.

Ihre Fingernägel fahren über meinen Rücken und hinunter zu meinem Hintern, während sie ihre Beine um mich schlingt.

Ihre Wangen sind gerötet, ihre Haut ist glühend, während ich sie ficke und meinen Schwanz hart und schnell in ihre Wärme drücke.

Sie zittert und umklammert mich wie ein Schraubstock, und ihre Innenwände erbeben um mich herum. Pulsierend stöhnt sie, als die zweite Welle der Euphorie sie erreicht.

Ich halte das Tempo hoch, damit sie den Orgasmus nicht verliert, dem sie hinterherjagt, während sie meinen Namen schreit und mit den Händen auf das

Bettlaken schlägt, bevor ich ihre Hände an das Bettgitter ziehe und sie festhalte.

Ihre Stimme bleibt ihr fast in der Kehle stecken, während sie sich an meinen Schwanz klammert und erschaudert. „Logan!", schreit sie, und ich schwöre, wenn um diese Zeit jemand nebenan ist, kann er uns hören. Verdammt, die meisten Stockwerke über und unter uns können sie kommen hören.

Ich möchte loslassen und mich ihr anschließen. Aber ich habe ihr drei Orgasmen versprochen, und verdammt, ich werde dieses Versprechen einlösen.

Cali schnappt nach Luft, ihr Brustkorb hebt und senkt sich, als sie schließlich gegen die Matratze sackt und ihren Griff von den Stäben des Kopfteils lockert.

Am liebsten würde ich diese Frau auf Händen und Knien tragen, aber ich weiß, dass das bei den Prellungen, die sie sich bei ihrem Sturz zugezogen hat, nicht möglich ist. Es ist ein Wunder, dass sie keine Gehirnerschütterung hat.

„Auf die Seite", befehle ich und lege sie auf die Seite, während ich mich hinter sie lege.

„Du machst doch nicht irgendetwas mit dem Hintern, oder?", fragt sie und wirft mir einen Blick über ihre Schulter zu.

Ich kichere. „Das klingt nicht so, als ob du auf Hintern stehst." Ich ziehe sie auf, aber ich würde nichts tun, womit Cali sich nicht wohlfühlt und womit sie nicht einverstanden ist.

Meine Finger streifen über ihren Po, aber mein Ziel ist ihre Muschi, und ich führe meinen Schaft in ihre Wärme. Ich lasse meine Finger ihre Falten streicheln und um ihren Kitzler kreisen. Aber ich berühre die empfindliche Perle nicht.

Ihr Rücken wölbt sich, sie presst sich an mich, während ich unseren Tanz beginne, stoße und höre, wie sie immer wieder meinen Namen stöhnt.

„Fuck", stöhnt Cali, ihre Finger graben sich in meine Hüfte und streicheln mich grob. Sie ist verzweifelt, mich zu berühren, während ich ein weiteres Feuer in ihr entfache. „Ich hätte nicht gedacht, dass du drei schaffst", keucht sie und versucht, Luft zu holen.

„Oh, ich könnte den ganzen Tag mit dir verbringen, *Schatz*", sage ich und meine es auch so. Cali hat etwas an sich, dass mich innerlich lebendig macht. Ich kann mich nicht erinnern, wann ich das letzte Mal so etwas für jemanden empfunden habe.

Ich kann nicht genug von ihr bekommen.

Ihr Inneres klammert sich an meinen Schwanz, und sie zittert, nur knapp an der Grenze. Das reicht, um mir zu zeigen, dass sie bereit ist, und ich drücke meine Finger gegen ihre Klitoris. Ich necke und reibe sie, als sich ihre Lippen öffnen und sie laut nach ihrem Vergnügen keucht.

„Cali", stöhne ich, während ich mich näher an der Kante befinde. Ich halte mich verzweifelt fest, will die letzte Welle gemeinsam mit ihr reiten. Ich beiße auf ihre Schulter. Sie stöhnt und klammert sich an meinen Schaft, ihr Inneres krampft, während ich weiter stoße und ihre Klitoris reize.

Das ist genau das, was sie braucht, was sie in den Wahnsinn treibt. Sie krümmt die Zehen, keucht und zittert. Ihre Wände krampfen sich zusammen und weigern sich, mich loszulassen, während ich mich tief in ihr vergrabe.

Als sie mich loslässt, klettere ich vom Bett und werfe das Kondom in den Mülleimer im Bad. Mein Herz klopft wie wild gegen meine Brust, während ich immer noch nach Luft schnappe.

Cali rollt sich auf den Rücken, ihre Augenlider sind schwer. „Bleib."

Ich klettere neben sie ins Bett und lege einen Arm über ihre Brust. „Nur ein kleines bisschen." Ich gähne, kann aber nicht die ganze Nacht bleiben. Meine Tochter wird sich Sorgen machen, wenn ich nicht bald nach Hause komme.

Aber der Schlaf holt mich ein, bevor ich mich von ihrem Körper losreißen und meine Kleider anziehen kann.

Irgendwann in der Nacht klingelt mein Handy, und ich stöhne auf, als ich merke, dass ich eingeschlafen bin. Ich setze mich im Bett auf und greife nach meinem Handy. Es ist Julianna.

„Hallo?" Ich reibe mir den Schlaf aus den Augen und versuche, so zu klingen, als wäre ich wach gewesen. Aber es ist schon weit nach ein Uhr nachts.

„Geht es dir gut? Du bist nicht nach Hause gekommen", sagt Julianna.

„Ich passe nur auf Cali auf", sage ich und ziehe eine Grimasse.

„Ist das ein Code für Sex?", fragt meine Tochter, und ich schwöre, dass sie wahrscheinlich ein angewidertes Gesicht macht.

„Ich habe ihr geholfen, die Verbände zu wechseln, und wir haben die Zeit vergessen." Das ist eine glatte Lüge, aber vielleicht glaubt das mein Fünfzehnjähriger.

„Wenn ich nach der Sperrstunde noch draußen bin, dann nur, weil ich meinem Freund die Verbände wechsle."

Diesem Kind entgeht nichts. „Ich komme in ein paar Minuten nach oben. Du musst im Bett sein. Morgen ist ein Arbeitstag."

Julianna stöhnt. „Na schön. Das nächste Mal rufe ich nicht an, um zu sehen, ob du noch lebst." Sie beendet den Anruf und ich steige aus dem Bett, um meine Kleidung vom Boden aufzuheben.

„Deine Tochter?", fragt Cali und setzt sich im Bett auf. Sie greift nach der Decke und deckt sich zu, nicht, dass ich vor ein paar Stunden nicht alles gesehen hätte.

„Ja, sie hat sich Sorgen gemacht, als ich nicht nach Hause gekommen bin." Ich beuge mich vor und drücke Cali einen Kuss auf die Lippen, meine Finger verheddern sich in ihrem Haar und ich ziehen sie enger an mich.

Sie stöhnt und versucht, sich wieder hinzulegen, wobei sie mich mit sich zieht.

Zögernd löse ich den Kuss. „Komm morgen zu mir, wenn du wach bist. Wir können zusammen frühstücken."

„Das ist so eine häusliche Sache", stichelt Cali. „Und ich habe vor, auszuschlafen. Du musst arbeiten ... Ich nicht."

Sie zieht die Decke um sich herum hoch.

„Brunch?", schlageich vor.

„Vielleicht." Ihre Augenlider fallen zu, und ich bin mir nicht sicher, ob sie mich abwimmeln will oder einfach nur müde ist. Ich habe sie erschöpft. Aber das war es wert.

8

CALI

ICH KANN NICHT GLAUBEN, dass ich Sex mit Logan Henderson hatte. Meine Knie sind wie Wackelpudding und mein Inneres pocht, wenn ich nur an den Schwanz dieses Mannes denke.

Er löste sein Versprechen ein, mich mit drei Orgasmen zu beschenken, und jeder war intensiver als der vorherige.

Morgen früh muss ich zum Flughafen aufbrechen, also verbringe ich den Tag damit, in meinem Schlafanzug herumzuliegen und meine Sachen zu packen. Am Nachmittag fahre ich mit einer Mitfahrgelegenheit in die nächstgelegene Stadt, um ein neues Handy zu besorgen, da meins kaputt zu sein scheint.

Es liegt irgendwo unter dem Schnee begraben, aber zum Glück kann das Telefon auch aus der Ferne gesperrt werden, falls es jemand in die Hände bekommt.

Ich habe Logan seit heute Morgen nicht mehr gesehen, als er in seine Wohnung zurückging. Nicht, dass ich ihn nicht sehen will. Ich möchte mich richtig von ihm verabschieden, aber ich bin mir ehrlich gesagt nicht sicher, was er nach der letzten Nacht will.

Er ist kein Mann, der an einer Affäre interessiert ist, aber ist es nicht das, was wir getan haben? Wir sind nicht zusammen. Wir leben nicht einmal im selben Bundesstaat. Geografisch gesehen sind wir wenigstens auf demselben Kontinent und an derselben Küste. Aber das war's auch schon. Wir leben in zwei sehr unterschiedlichen Welten.

Ich reise beruflich viel, meist in sonnige und warme Regionen. Er lebt in den eisigen Bergen. Ich bin mir nicht sicher, ob ich das könnte. Sicherlich, wenn er mein Bett warm hält, ist es eine Möglichkeit, aber es war nur eine gemeinsame Nacht.

Der Mann wird mich nicht fragen, ob ich bei ihm einziehen und ihm einen Antrag machen will.

Das wäre Wahnsinn.

Es klopft fest an meine Schlafzimmertür. „Da ist jemand drin!", rufe ich. Ist es das Zimmermädchen? Sie haben heute weder das Bett gemacht noch die Handtücher gewechselt.

„Cali, mach auf. Ich bin's." Logans Stimme dringt durch die Tür.

Ein kleines Lächeln umspielt meine Lippen, als ich zur Tür gehe und die Kette zurückziehe, um sie zu entriegeln. Meinem Knie geht es schon viel besser, ebenso meinem Knöchel. Ich habe eine weitere elastische Bandage mitgenommen, die mir gegen die Schmerzen hilft.

„Hey, komm doch rein." Ich mache eine Handbewegung, damit er sich zu mir setzt.

„Geht es dir gut? Ich habe dich unten nicht unten gesehen. Wo sind deine Krücken?"

„Wahrscheinlich immer noch unten im Restaurant", sage ich lachend. „Mir geht es eigentlich relativ gut. Ich meine, nach dem Sturz gestern sollte es mir schlechter gehen." Ich habe fast das Gefühl zu träumen und möchte aufwachen. Aber der Traum ist perfekt, und ich habe Angst, mich der Realität zu stellen.

„Ich hole die Krücken", sagt Logan und geht zur Tür.

„Nicht doch, mir geht's gut." Ich zeige ihm, dass ich mit meinen Stiefeln durch das Hotelzimmer laufen kann. „Siehst du, ich humple nicht."

„Meistens", gibt er mit einem Lächeln zu. „Du siehst wirklich besser aus. Vielleicht waren drei Orgasmen die Medizin, die du gebraucht hast, um dich besser zu fühlen."

Ich lache. Meine Wangen brennen bei der Erinnerung an die letzte Nacht. „Wie geht es Julianna?", frage ich, neugierig darauf, wie sehr seine Tochter ihm das Leben schwer gemacht hat, als er nach Hause kam.

„Sie ist unten im Ausrüstungsverleih." Logan zeigt auf meine Leihstiefel. „Darf ich die mit nach unten nehmen?"

„Bist du geschäftlich hier?", scherze ich. Ist er deshalb auf mein Zimmer gekommen?

„Ich wollte dich sehen. Ich hatte gehofft, wir könnten zusammen brunchen, aber dafür ist es jetzt etwas spät."

Der Tag ist halb vorbei, aber er war definitiv nicht umsonst. „Tut mir leid, ich habe mich heute Morgen beeilt, ein neues Telefon gekauft und alles darauf eingerichtet. Ich ziehe es vor, meine Bordkarte auf meinem Telefon zu haben."

Logan nickt. „Stimmt genau. Du wirst morgen abreisen." Er hält inne und schlendert auf mich zu. „Hast du deine Arbeit beendet?"

„Meine Videokritik?" Ich schüttele den Kopf. „Ich werde es im Flugzeug zusammenschneiden. Ich habe das gesamte Filmmaterial aus der Cloud heruntergeladen, also muss ich es nur noch so zusammensetzen, wie ich es will."

„Hast du genug Aufnahmen gemacht? Brauchst du etwas von mir?", fragt Logan.

Ich schenke ihm ein Lächeln. „Ich wollte ein Interview mit dem Besitzer, aber ich brauche dich nicht, um den Laden an die Damen zu verkaufen. Ich bin egoistisch." Ich grinse, weil er wissen sollte, dass nicht alle Mädchen hinter ihm her sein werden, wenn ich mit dem Bericht fertig bin.

Nicht, dass es etwas Schlimmes wäre, aber ich möchte nicht, dass die Single-Frauen wissen, dass er der begehrteste Milliardär-Junggeselle ist. Lieber nenne ich ihn Bergmuffel, als dass jemand seinen wahren Namen erfährt.

„Ich glaube nicht, dass du egoistisch bist", sagt Logan, schlingt seine Arme um meine Taille und zieht mich an sich. Seine Lippen schmiegen sich an meine, und ich schmelze in seinen Armen. „Aber ist es egoistisch von mir, wenn ich möchte, dass du länger bleibst?"

Ich drücke ihm einen Kuss auf die Wange. „Ich muss zurück nach Hause, aber wir können Freunde sein."

„Ich will mehr als nur mit dir befreundet sein, Cali. Ich dachte, ich hätte das klar ausgedrückt."

Mir bleibt der Atem im Hals stecken. „Das würde ich auch gerne, aber ich bin mir nicht sicher, wie das funktionieren soll. Ich lebe in Los Angeles, und du lebst hier in Breckenridge.

Er presst seine Lippen aufeinander, fährt mit den Fingern durch mein Haar und zieht mein Kinn hoch, damit ich seinem intensiven Blick begegne. „Wir können eine Fernbeziehung führen."

Ich habe das Gefühl, dass er mehr will, aber es war nur eine Nacht und eine Woche in den Bergen.

„Gib mir dein Handy", sagt Logan, und ich gebe ihm mein neues Handy und entsperre es. Er tippt seine Telefonnummer ein und speichert sie in meinen Kontakten. „Ich erwarte, dass du mir eine SMS schickst, wenn dein Flug landet und du sicher nach Hause gekommen bist."

Ich widerspreche ihm nicht, denn ich weiß, dass seine Bitte aus reiner Besorgnis kommt. Er sorgt sich um mich.

Er greift in seine Hosentasche und holt sein Mobiltelefon heraus. „Kann ich deine Nummer haben?"

Ich lache und schnappe mir sein Telefon, gebe meine Nummer ein und füge mich selbst als Kontakt hinzu. Anstatt meinen Namen einzugeben, tippe ich „Meine Freundin" ein. Ich gehe noch einen Schritt weiter und gebe ihm meine Adresse. Nicht, dass ich glaube, dass er auftauchen wird, aber ich will, dass er sie hat.

Er schiebt sein Handy in die Tasche, ohne den Namen des Kontakts oder meine Adresse zu bemerken. Das ist wahrscheinlich das Beste. Ich will nicht, dass er denkt, ich sei anhänglich, denn das bin ich nicht.

Ich mag Logan, sehr sogar. Ich fände es toll, wenn das hier mehr als nur eine „Freunde-mit-Vorteilen"-Situation wäre. Nicht, dass wir je so etwas wie Freunde waren. Er schien mich zu hassen, als wir uns kennenlernten, und ich war auch nicht besonders scharf auf ihn.

„Wie wäre es, wenn wir oben etwas essen gehen? Ich würde gerne den ersten Abend, an dem wir zusammen gegessen haben, wiederholen."

Ich weise nicht darauf hin, dass er seine Tochter und mich am ersten Abend tatsächlich zum Essen eingeladen hat. Ein Abendessen bei ihm klingt fantastisch, vor allem, wenn es einen Nachtisch gibt.

„Was ist mit deiner Tochter?", frage ich.

„Sie wird sich uns anschließen", sagt Logan.

Ich bin nicht enttäuscht, dass ich Logan nicht für mich allein haben kann. Stattdessen ist es ein seltsames, warmes Gefühl, das in mich eindringt und mir das Gefühl gibt, Teil der Familie zu sein. Die Tatsache, dass er mich in der Nähe seiner Tochter haben will, ist eine nette Abwechslung zu dem, was wir bei unserem ersten Treffen erlebt haben.

„Oh, gut." Ich lächle und schnappe mir einen Pullover. Nicht, dass ich erwarte, dass wir nach draußen gehen, ich lasse meinen Mantel im Zimmer, aber im Ski-Resort gibt es einige kühle Stellen.

Ich lasse das Telefon in meinem Zimmer. Die einzige Person, von der ich heute Nachrichten erhalten habe, war Bridget, die wissen wollte, wie es um meinen Bericht über das Resort steht. Sie will unbedingt das Video sehen, bevor ich es poste.

Ich kann nicht umhin, mich zu fragen, was zwischen Bridget und Logan vorgefallen ist. Woher kennen sie sich? Es war klar, dass er das nicht vor Julianna besprechen wollte, aber seine Tochter ist nicht in meinem Hotelzimmer.

„Darf ich dich etwas fragen?" Ich stecke den Zimmerschlüssel in meine Hosentasche und passe auf, dass ich mich nicht aussperre.

„Alles", sagt Logan, und seine Augen blicken direkt in meine Seele. Ich atme scharf ein und versuche, wieder zu Atem zu kommen.

„Bridget Lancaster. Wie gut kennst du meine Chefin?"

Seine Nasenflügel blähen sich auf, und er schiebt die Hände in die Taschen. „Sie ist mit meiner Ex-Frau befreundet. Vor Jahren hat Bridget mich angemacht, obwohl ich verheiratet war, und es schien ihr egal zu sein, dass sie und Jess beste Freunde waren."

„Sie war eine tolle Freundin."

„Oh, ich weiß." Logans Augen weiten sich. „Es wird noch schlimmer. Als Jess mich betrogen hat, hat sie mir immer erzählt, dass sie mit Bridget einen Kaffee trinken geht oder sich mit ihr einen Frauenfilm anschaut. In Wahrheit wurde sie nur als Ausrede benutzt, um ihren neuen Freund zu vögeln."

Seine Hände sind zu Fäusten geballt.

„Tut mir leid, ich hatte keine Ahnung", sage ich.

„Diese Frau ist der Teufel."

Ich widerspreche ihm nicht. Ich habe Bridget nie besonders gemocht. Aber es gab keinen besonderen Grund, sie nicht zu mögen. Manchmal war sie hart zu mir, aber ich habe das immer so aufgefasst, dass sie versucht hat, mir in diesem Bereich als Mentorin zu dienen.

„Sie ist schwierig", sage ich.

„Und du arbeitest für sie." Eine Spannung, die durch seinen Körper geht, und ihn aufrecht stehen lässt.

„Ich verspreche dir, Logan, ich bin nicht wie sie."

„Gut, denn ich gebe mich nicht mit Lügnern und Betrügern ab." Er zieht mich in seine Arme. „Kein Bridget-Gerede mehr, bitte?"

Ich stoße einen Seufzer der Erleichterung aus. Das Gespräch wurde viel zu kompliziert. „Das reicht mir."

Wir gehen aus der Tür meines Hotelzimmers. „Soll ich dich tragen?", fragt er und hebt mich hoch, während er mich zum Aufzug trägt.

„Mir geht's gut, wirklich. Du kannst mich runterlassen!" Ich kann nicht aufhören, zu lachen, bis meine Füße wieder auf dem Boden stehen. Logan legt seinen Arm um meine Taille und sorgt dafür, dass ich sicher stehe und nicht falle.

Er ist perfekt. Wenn auch zu perfekt. Warum ist seine Ex-Frau jemals fremdgegangen? Welche verrückte Frau würde Logans Herz brechen?

„Cali!" Jules' Augen leuchten auf, als sie sieht, dass ich Logan in die Wohnung folge. „Bleibst du zum Abendessen?"

„Ja, wenn das für dich in Ordnung ist." Ich bin mir nicht sicher, wie sie mit der Tatsache umgeht, dass ihr Vater ein Date hat. Wie auch immer, es schien, als wollte sie uns gestern Abend zusammenbringen.

„Ich würde mich freuen, wenn du bleibst. Ich meine, zum Essen." Sie räuspert sich. „Hast du mit meinem Vater über das Sommerpraktikum gesprochen?"

„Was ist das mit dem Praktikum?", fragt Logan und zieht eine Augenbraue hoch.

„Jeden Sommer bietet *Urlauber-Paradies* einen Praktikumsplatz für mindestens einen Highschool-Schüler an. Jules Augen leuchten und sind groß. „Ich hoffe, ich bin es!"

„Auf keinen Fall", wirft Logan ein. „Du arbeitest nicht mit Bridget Lancaster."

„Aber was ist mit Cali? Ich würde doch mit dir arbeiten, oder?" fragt Jules.

„Das würdest du, aber dein Vater hat recht. Du wärst direkt Bridget unterstellt, während du mir hilfst."

Jules jammert und lässt sich verärgert auf das Sofa plumpsen. „Das ist ätzend. Warum werde ich dafür bestraft, was Bridget und Mama getan haben? Wie soll das fair sein?"

„Das Leben ist nicht immer fair", sagt Logan. „Je früher man das lernt, desto besser.

„Das ist eine schwierige Lektion", sage ich. „Ich bin sicher, dass Bridget gute Eigenschaften hat, genau wie deine Mutter.

Logan zieht eine Augenbraue hoch. „Was machst du da, Cali?"

Ich weiß es ehrlich gesagt nicht. „Ich versuche, deine Miesepetrigkeit etwas zu mildern?"

Er tritt näher und lehnt sich in meinen persönlichen Bereich. Er ist nah genug, um mich zu küssen, aber ich verzichte auf jede Art von Intimität vor seiner Tochter. Ich bin mir nicht ganz sicher, was angemessen ist, wenn sie im Raum ist.

„Ich mag meinen Grad an Griesgram", sagt Logan.

„Da stimme ich mit Cali überein, Papa. Du bist ein Super-Muffel."

Logans Handy klingelt, und er sieht nach dem Anrufer, bevor er es zum Schweigen bringt. „Musst du da nicht rangehen?", frage ich.

„Ich kann Levi später zurückrufen. Ich bin sicher, es ist nichts Dringendes." Logan drückt mir einen sanften, keuschen Kuss auf die Lippen, bevor er zum Kühlschrank geht. Er öffnet ihn und holt drei kleine Steaks heraus, die er zum Abendessen zubereiten will.

„Levi?", frage ich, ohne viel über Logan, seine Freunde oder seine Familie zu wissen.

„Einer meiner Kumpel aus New York. Er hat ein rasantes Jahr hinter sich. Ich habe ihn und seine Familie in den Ferienort eingeladen."

„Vielleicht kommen sie uns besuchen", sagt Jules und ihre Augen leuchten. „Sie haben eine sechsjährige Tochter, Amelia. Ich kann es kaum erwarten, mit ihr die Skipisten hinunterzufahren."

Logan wirft einen Blick auf seine Tochter. „Von jetzt an fährst du nicht mehr ohne einen Elternteil die Pisten hinunter."

„Was?" Jules schreit auf. „Ich bin nicht vom Skilift gefallen. Wie kann es sein, dass ich bestraft werde?"

Ich beiße mir auf die Zunge. Jules hat recht, aber Logan auch. Er will nur das Beste für seine Tochter, und ich will ihm nicht in die Quere kommen. „Kann ich beim Essen helfen?", frage ich, um das Thema zu umgehen und es hoffentlich auf etwas weniger Dramatisches zu lenken.

Jules sieht aus, als würde sie jeden Moment in Tränen ausbrechen. Ihre Wangen sind rot, die Augen weit aufgerissen, und sie ballt immer wieder die Hände zu Fäusten. „Das ist nicht fair", jammert Jules. „Ich weiß, wie man Ski fährt. Ich mache das schon fast mein ganzes Leben."

„Ich weiß, aber ich brauche jemanden an der Ausrüstung, um sicherzustellen, dass der Lift nicht defekt ist. Du kennst die Regeln für einen Skikumpel. Eine Sechsjährige ist kein geeigneter Partner für dich."

„Ist sie noch schlimmer als Cali?", fragt Jules und lächelt mich an. „Nichts für ungut."

„Schon gut", sage ich, obwohl es in Wahrheit weh tut.

Logan holt ein Schneidebrett unter der Theke hervor und beginnt, Knoblauch und Zwiebeln zu hacken. „Diese Diskussion ist vorbei. Wir werden uns darüber Gedanken machen, wenn Levi mit Clare und Amelia in die Stadt kommt. Bis dahin kein Skifahren ohne die Anwesenheit eines Erwachsenen."

„Cali ist erwachsen und ..."

„Das reicht jetzt!", brüllt Logan.

Jules rümpft die Nase und schnaubt leise, bevor sie in ihr Schlafzimmer stürmt. Sie knallt die Tür zu.

„Teenager", murmelt er vor sich hin.

Ich stehe an der Theke, presse die Lippen aufeinander und überlege, wie ich helfen kann. „Soll ich das Gemüse schnippeln?" biete ich an.

„Nein, wenn deine Schneidekünste so gut sind wie deine Gehkünste, überlässt du die scharfen Messer mir." Logan stößt einen schweren Seufzer aus. „Es tut mir leid, dass du das mitbekommen hast", sagt er und deutet mit Jules auf das hintere Schlafzimmer.

„Es ist in Ordnung."

„Das ist es nicht", sagt er. „Seit sie New York verlassen hat, ist sie manchmal ein wenig launisch."

„Ich kann mir nicht vorstellen, dass es für sie einfach war hierherzukommen, und alles was sie kannte, zurückzulassen. Aber sie hat Freunde gefunden. Da ist Izzie", erinnere ich ihn. Ich hatte ihre Freundin vor ein paar Tagen kennengelernt.

„Ja, Izzie und Julianna gehen zusammen zur Schule. Die beiden scheinen manchmal unzertrennlich zu sein." Er ist still und nachdenklich, während er das Gemüse schneidet.

„Was ist es?", frage ich.

„Ich denke nur an all die verschiedenen Möglichkeiten, wie ich dich entführen und zwingen könnte, in meinem Resort zu wohnen." Er gluckst und grinst verschmitzt. „Ganz im Ernst, ich werde dich vermissen. Falls du es nicht gemerkt hast."

„Du wirst es vermissen, mich zum Abendessen durch das Hotel zu tragen, damit alle zuschauen und sich fragen, was da vor sich geht, und wann sie an der Reihe sind?"

„Ich trage niemanden sonst", sagt er schroff. „Das ist nur für dich reserviert."

Ich lege meine Hand auf mein Herz. „Ich fühle mich geehrt, dass du mich zum einzigen Mädchen machst, das du durch den Ort trägst. Kann ich das auf einer Plakette verewigen lassen?"

„Nein", schnaubt er und schüttelt den Kopf. „Wie wär's, wenn du mir mit dem Salat hilfst? Im Kühlschrank ist ein Salatkopf. Kannst du den abspülen und einfach zerpflücken? Gib ihn in drei Schüsseln."

„Wow, du traust mir wirklich nicht mit einem Messer." Ich mache nur teilweise Witze. Und ich mache ihm keinen Vorwurf. Ich war diese Woche schon ungeschickt genug. Lass uns nicht noch einen abgetrennten Finger auf die Liste der Dinge setzen, die im Resort schiefgelaufen sind.

„Ich möchte nicht, dass wir in das nächste Krankenhaus fliegen müssen, das auf der anderen Seite des Berges liegt", sagt Logan.

Ich öffne den Kühlschrank, nehme den Salat heraus und spüle ihn in der Spüle ab.

„Was sind deine Pläne für Weihnachten?", fragt er und sieht mich an.

Wenn ich ihm sage, dass ich die Feiertage nicht mag, vor allem nicht Weihnachten, wird er mich für einen Geizhals halten. „Nichts Besonderes", sage ich und zwinge mich zu einem Lächeln.

„Gehst du mit jemandem aus?", fragt er.

„Nein, ich muss nach Hause, um das Video für den VLog fertig zu stellen und es zusammenzuschneiden. Bridget will ihn gleich am ersten Tag nach Weihnachten haben, also muss ich mich konzentrieren, das Voiceover aufnehmen und so weiter." Ich hoffe, er wird mich nicht bitten, über Weihnachten zu bleiben.

Ich bin nicht bereit, mich so zu engagieren.

Ich mag Logan sehr, aber er hat eine Tochter, und sollten sie den Feiertag nicht gemeinsam verbringen, als Familie? Außerdem ist sein Bruder hier, und nach dem Spektakel zwischen Wyatt und Logan in der Bar ist es besser, wenn wir drei nicht zusammen rumhängen.

„Das ist schade", sagt er, ohne seinen Blick von mir zu nehmen. „Ich muss irgendwann mal runterfliegen und dich besuchen, wenn du frei hast."

„Das würde mir gefallen."

Ein Lächeln streift seine Züge. „Wir werden es mit Ferngesprächen versuchen ..." Seine Stimme wird leiser, als ob er etwas auslassen würde, obwohl ich nicht sicher bin, was.

Ich lass es auf sich beruhen, weil ich nicht zu viel Druck machen will. Ich hatte noch nie das Gefühl, dass Fernbeziehungen von Dauer sind. Sie können eine Zeit lang überleben, aber nicht für immer. Logan hat gerade ein Skigebiet gekauft und ich bin glücklich im sonnigen Los Angeles. Ich glaube nicht, dass das mit uns auf Dauer funktionieren wird.

Die Schlafzimmertür öffnet sich quietschend und Julianna kommt ins Wohnzimmer. Zwischen Logan und seiner Tochter herrscht eine ruppige Stimmung, eine Spannung, die von dem früheren Streit herrührt, und ich wünschte, ich könnte sie durch das Öffnen eines Fensters abbauen.

Ich bin mit dem Salat fertig und Logan befiehlt seiner Tochter, die anderen Zutaten für den Salat zu zerkleinern. Julianna widerspricht nicht. Mit hängenden Schultern tut sie, was er von ihr verlangt, ohne zu murren.

„Papa, meinst du, wir könnten eine Spielhalle auf dem Grundstück bauen?", fragt Julianna.

„Haben wir nicht schon genug Videospielsysteme, die hier verstauben?" Logan gestikuliert in Richtung des Wohnzimmers.

„Ich meine Spiele im Arcade-Stil. Pacman. Air Hockey. Ich habe Izzie gefragt, ob es hier in der Nähe eine Spielhalle gibt, in die wir mal gehen könnten, und sie hat gesagt, dass es hier in der Nähe keine gibt."

Logan stößt einen schweren Seufzer aus. „Ich werde darüber nachdenken."

„Es ist eine großartige Investitionsmöglichkeit", wirbt Julianna für die Idee und lässt sich nicht beirren. „Teenager lieben es, ohne ihre Eltern abzuhängen. Es wäre ein guter Ort im Sommer, wenn das Geschäft mit dem Resort nicht gut läuft, oder vielleicht sogar abends. Ich meine, wir schließen ja nicht in der Nebensaison. Das Hotel ist immer noch geöffnet. Warum nicht eine Spielhalle bauen?"

„Hast du lieber eine Spielhalle als eine Wasserrutsche?"

Juliannas macht große Augen, und sie presst ihre Lippen zusammen. „Du hast doch nicht wirklich daran gedacht, den Pool in einen Indoor-Wasserpark zu verwandeln. Oder etwa doch?"

„Das kam mir in den Sinn, und es wäre eine Erweiterung, nicht Teil des Pools".

„Können wir beides haben?", fragt Julianna. „Der Indoor-Wasserpark wäre toll für die Gäste und die Spielhalle ist besser für die Einheimischen".

„Ich werde über deine Bitte nachdenken", sagt er. „Aber ich mache keine Versprechungen, weder das eine noch das andere."

„Was denkst du?", fragt Julianna und starrt mich an, weil sie meine Meinung hören will. Ich bin mir sicher, ob sie will, dass ich mich auf ihre Seite stelle und vorschlage, dass die Spielhalle und die Wasserrutsche der richtige Weg für die Zeit außerhalb der Saison sind.

„Ich denke, das ist eine ziemlich große Investition und eine Entscheidung, die allein von deinem Vater getroffen werden muss."

Logan verzieht das Gesicht zu einem Grinsen. „Danke, dass du dich da rausgehalten hast."

Ich hebe meine Arme zur Kapitulation. „Ich werde nicht hier sein, um die Annehmlichkeiten von beidem zu genießen."

Er stöhnt. „Das hat mir gerade noch gefehlt, dass du auf einer Wasserrutsche ertrinkst."

Unsere gemeinsame Zeit erscheint mir zu kurz, zu flüchtig. In weniger als einem Wimpernschlag bin ich auf dem Weg zum Flughafen, fliege nach Hause, zurück nach Los Angeles.

Die Sonne ist dort warm, der Himmel blau, und im Dezember gibt es keinen Schnee. Es ist perfekt. Außer, dass eine Sache fehlt, na ja, eigentlich zwei Dinge. Logan und seine Tochter.

Ich habe den Urlaub damit verbracht, drei verschiedene Videobewertungen für das Blue-Sky-Resort zu erstellen. Alle loben die Annehmlichkeiten, die das Resort zu bieten hat. Bridget kann sich für einen oder alle drei entscheiden, wenn sie das möchte. Sie hat mich immer dafür gelobt, dass ich ihr die Wahl gelassen habe, also speichere ich die Dateien, wenn ich fertig bin, und lade sie in die Cloud.

Normalerweise würde ich ihr eine E-Mail schicken, aber es ist Weihnachten, und das erscheint mir geschmacklos. Nur weil ich kein eigenes Leben habe, heißt das nicht, dass andere Leute nicht beschäftigt sind.

Außerdem muss Bridget nicht wissen, dass ich meinen Urlaub mit Arbeit verbringe. Es ist ja nicht so, dass ich einen Bonus oder ein zusätzliches Gehalt bekommen würde. Ich bin ein Auftragnehmer. Es gibt kein Gehalt. Keine Sozialleistungen. Manchmal ist es zermürbend. Aber in Hotels zu wohnen, üppig zu leben, kostenlos zu essen und Urlaub zu machen, ist ein wahr gewordener Traum.

Und es geht nicht auf meine Kosten, was es noch besser macht.

Ich schreibe Logan *Frohe Weihnachten*. Nicht, dass ich eine Antwort von ihm erwarte. Er ist mit seiner Familie beschäftigt, so wie es sein sollte.

Mein Telefon klingelt mit einer Benachrichtigung. Ich sollte mich nicht so überschwänglich über eine SMS von ihm freuen. Er ist nicht mein Freund. Ich bin mir ehrlich gesagt nicht sicher, was wir sind – oder auch nicht sind.

Was hast du vor?

Sein Text zaubert ein Lächeln auf mein Gesicht. Der mürrische alleinerziehende Vater scheint die Kurve gekriegt zu haben. Vielleicht ist er doch nicht ganz so schwierig.

*Ich habe es mir auf dem Sofa mit einem Becher Ben &
Jerry's gemütlich gemacht.*

*Du hättest über Weihnachten hier bleiben sollen. Ich hätte
dich morgen früh zurückfliegen können.*

Ein schwerer Seufzer entweicht meinen Lippen. *Ich
musste dieses Wochenende meine Arbeit erledigen. Was, wie
ich hinzufügen möchte, ist erstaunlich. Ihr werdet so
überrascht sein, was ich getan habe, dass es euch die
Sprache verschlagen wird.*

Gut oder schlecht?

Du wirst abwarten müssen", schreibe ich und hoffe, dass
er weiß, dass es gut ist. Ich mag es einfach, den Mann
auf Trab zu halten.

*Wenn es schlecht ist, würde ich mir wünschen, dass du mir
sagst, was falsch gelaufen ist, damit ich es für andere Gäste
korrigieren kann.*

Hat er Angst, dass ich ihm eine Ein-Sterne-Bewertung
gebe und das Resort schlecht mache? Ich stelle die
Eiscreme auf dem Couchtisch ab, während ich ihm
zurückschreibe.

*Du meinst, ein Sturz vom Skilift und der Beinahe-Tod
waren nicht Grund genug?*

Ich mache nur Witze mit ihm. Zumindest denke ich,
dass er inzwischen so viel über mich wissen sollte. Wir

haben genug Zeit damit verbracht, uns die Köpfe einzuschlagen, um die schlimmen Dinge, die passiert sind, hinter uns zu lassen.

Er beginnt zu tippen. Während er antwortet, blinken drei Punkte auf, bevor sie verschwinden.

Schweigen.

Es ist der Weihnachtstag. Er ist wahrscheinlich beschäftigt und wurde von Julianna oder Wyatt von seinem Telefon weggeholt.

Das ist alles, oder? Das war ein Scherz. Er müsste wissen, dass ich nie etwas Schlechtes über ihn oder sein Resort schreiben oder sagen würde.

Wenn der VLog veröffentlicht wird, wird er sehen, dass ich ihm fünf Sterne und eine begeisterte Bewertung gegeben habe.

Am nächsten Tag sitze ich in meinem Büro am Schreibtisch und setze einen letzten Clip zusammen. Nicht, dass Bridget einen vierten braucht, aber ich möchte etwas Lustiges, das Logan in Szene setzt. Ich nehme ein paar Clips auf, zoome auf seine starken Arme, die von Tattoos durchzogen sind. Eine wütende und heftige Aufnahme von ihm, wie er davonstürzt, seine Hände hat er zu Fäusten geballt.

Ein Schauer läuft mir über den Rücken.

Selbst wenn er wütend ist, ist er heiß.

Die Absätze von Bridget klappern über den Boden, als sie in mein Büro kommt. Ich blicke von meinem Monitor auf, als sie eintritt, ohne mich auch nur zu grüßen. „Ich habe mir deine Videos angesehen." Es gibt kein Lächeln auf ihrem Gesicht, kein Glitzern in ihren Augen, dass ich meine Arbeit gut gemacht habe.

Sie kommt zu meinem Schreibtisch und setzt sich mir gegenüber auf den freien Stuhl. „Ich habe dir schon viele Aufträge erteilt, Cali. Ich habe dir vertraut, dass du ein ehrliches Porträt eines Resorts abgibst. Ich kann nicht verstehen, wie du dem Ort, an dem du dir den Knöchel verstaucht hast und aus dem Skilift gefallen bist, eine Fünf-Sterne-Bewertung geben kannst."

„Diese Dinge waren nicht seine Schuld – die Schuld des Blue-Sky-Resorts."

Ihre Augen verengen sich, und ihr Kiefer knirscht, als sie die Zähne zusammenbeißt. „Die Tatsache, dass du aus einem Skilift gefallen bist, beweist, dass der Ort gefährlich ist. Hatte die Anlage einen Defekt, oder gab es keinen Bügel, der dich festhielt? In jedem Fall ist das ein Grund für einen Rechtsstreit. Ich werde mich an einen Anwalt wenden, und wir können auf Schadenersatz klagen."

„Es gab keine ...", beginne ich, und Bridget unterbricht mich.

„Ich weiß, dass du alles gern mit einem fröhlichen und sonnigen Gemüt siehst. Ich dachte, wenn ich dich in die Berge schicke, in ein kaltes, winterliches Klima, dann kannst du dein nächstes Video aus einer anderen Perspektive betrachten. Unsere Zuschauer wollen nicht für jedes Reiseziel, über das wir berichten, fünf Sterne sehen."

„Ich vergebe nicht immer fünf Sterne. Diesem jamaikanischen Resort mit der schmutzigen Bettwäsche habe ich vier Sterne gegeben."

Bridget rollt unbeeindruckt mit den Augen. „Du bist nicht brutal genug. Ich habe dich in die Berge geschickt und eine Ein-Sterne-Bewertung erwartet. Du hasst die Kälte, du bist noch nie Ski gefahren, und es ist mitten im Winter. Schade, dass es keinen Schneesturm gab und du im Skigebiet eingeschneit wurdest. Dann hättest du sehen können, wie wenig es außerhalb des Skifahrens noch gibt."

„Es ist ein Skigebiet", sage ich. „Ich habe kein Day Spa und keinen Strand erwartet."

Bridget steht auf, sie ist verärgert über meine Entgegnung. „Ich brauche deine Einstellung nicht, und ehrlich gesagt bezahle ich dich nicht dafür, dass du in den Urlaub fährst und langweilige Fünf-Sterne-Bewertungen hinterlässt. Wir müssen mutig und innovativ sein. Wir wollen in der Freizeitkategorie führend sein. Das wird mit dir auf unserer Plattform nicht möglich sein."

In meinem Kopf dreht sich alles, und mir läuft das Wasser im Mund zusammen. „Entlässt du mich?"

„Ich lasse dich gehen", sagt Bridget. „Das Videomaterial, an dem du arbeitest, ist unser Eigentum. Du darfst nichts davon mitnehmen oder irgendwo veröffentlichen. Ist das klar? Wir haben für deine Reise bezahlt. Das Filmmaterial, das du gedreht hast, gehört uns."

Ich stoße einen schweren Seufzer aus. „Ja, ich kenne die Bedingungen in meinem Vertrag."

„Gut. Packe alles auf deinem Schreibtisch zusammen. Ich möchte, dass du sofort gehst."

9

LOGAN

ICH HABE nichts von Cali gehört. Nicht einmal eine Guten-Morgen-SMS oder eine Nachricht, dass ich nach ihrer Videorezension suchen soll.

Mein Magen knurrt ständig, und ich bringe ihn mit mehr Kaffee zum Schweigen. Ich bin hibbelig, und das Koffein hilft nicht.

Cali hat ihre Zeit in der Ferienanlage sehr genossen, lag das an mir oder daran, dass die Ferienanlage eine hohe Sternebewertung verdient hat?

Ich glaube, wir sind fünf Sterne wert, aber denkt sie das auch? Sie ist aus dem Skilift gefallen, was laut Julianna nichts mit einer Fehlfunktion zu tun hatte, sondern damit, dass Cali unvorsichtig war.

Das Mädchen sollte von Luftpolsterfolie umgeben sein.

Ich schaue auf mein Handy. Soll ich ihr eine SMS schreiben? Sie war die letzte, die geantwortet hat, und ich habe ihr nie zurückgeschrieben.

Ich verfolge die Uhr-App, auf der Cali ihre Videobewertungen für *Urlauber-Paradies* veröffentlicht. Vor zwei Minuten wurde ein neues Video gepostet.

Seufzend klicke ich auf das Video, und jede Angst in mir ist nichts im Vergleich, zu dem was ich da sehe. Es gibt eine Nahaufnahme meines Bizeps, und die Tattoos, die meine Arme bedecken. Ich bin nicht so braun, wie ich es gerne hätte, aber es ist Dezember.

Es gibt keinen Kommentar, sondern nur Untertitel, die während des Videos eingeblendet werden.

Milliardär Logan Henderson, Eigentümer des Blue-Sky-Resort.

Okay, die Videorezension konzentriert sich ein bisschen zu sehr auf mich, aber vielleicht ist das meine Schuld. Ich habe mit Cali geschlafen.

Leicht für die Augen. Schrecklich auf der Piste.

Es gibt Aufnahmen von einer Gruppe, die im Skikurs lernt, den Hasenhügel herunterzufahren, wobei einige von ihnen stürzen und ineinander fahren.

Aber das bin nicht ich auf der Piste. Will sie damit andeuten, dass ich nicht Ski fahren kann? Cali hat mich nie auf Skiern gesehen. Ich reibe mir den Nacken und sehe entsetzt zu, wie das Video immer schlimmer wird.

Zwielichtig. Gefährlich. Tödlich. Würden Sie Ihr Kind hier Ski fahren lassen?

Es ist eine Angriffsanzeige, schlimmer als die Schlammschlacht im Wahlkampf.

Das Video zeigt Julianna und ihre Freundin Izzie beim Snowboarden auf der Piste. Sie machen alles, was ich meiner Tochter beigebracht habe, einschließlich des Tragens eines Helms zum Schutz. Aber Izzie kippt im Schnee um.

Und dann beginnt der wahre Albtraum. Es gibt unbearbeitetes Bildmaterial von den Sicherheitskameras, die zeigen, wie Cali aus dem Skilift herausrutscht und stürzt. Wir sehen es nicht nur einmal. Es wird dreimal in Zeitlupe wiederholt.

Versucht sie, das Ski-Resort und das Hotel zu zerstören? Will sie, dass ich das Geschäft aufgebe und das Skigebiet schließe? Denn das Video ist ziemlich belastend.

Der Milliardär Logan Henderson sollte bei dem bleiben, was er kennt. Die große Stadt.

Ich sollte das Video abschalten. Es ist offensichtlich, dass nichts Gutes dabei herauskommen wird, wenn das jemand sieht. Das Sprichwort, dass es keine schlechte Presse gibt, hat Cali Sinclair nie betroffen.

Die Frau ist brutal.

Bösartig.

Richtig bösartig.

Das Einzige, was ich mehr bereue, als ihr geholfen haben, ist, dass ich mit ihr geschlafen habe.

Ich kann mir den Rest des Videos nicht mehr ansehen. Ich wische die App weg, schließe sie und schiebe meinen Stuhl unter meinem Schreibtisch hervor. Die Arbeit muss warten. Ich will, dass jede Erinnerung an Cali aus meinem Haus und dem Resort verschwindet.

Ich kann zwar keine Erinnerungen verbrennen, aber ich kann die Dinge zerstören, die sie berührt hat. Meine Bettlaken, zum Beispiel. Die letzte gemeinsame Nacht, als sie bei mir übernachtet hat, nachdem Julianna ins Bett gegangen war.

Als Erstes muss die Bettwäsche vernichtet werden.

Ich will nie wieder ihren Duft riechen. Ihre Pheromone sind süchtig machend und hypnotisierend. Die Frau hat mich wie eine Hexe ins Bett gelockt, indem sie vorgab, jemand zu sein, der sie nicht ist.

Ich gehe auf den Aufzug zu, als Julianna um die Ecke kommt. „Papa!", ruft sie und rennt mir hinterher.

Ich drücke den Knopf für den Aufzug. Ich möchte mit niemandem sprechen.

Aber Julianna rennt schneller und rutscht zwischen den Doppeltüren hindurch, als diese sich schließen. „Verdammt, Julianna!", rufe ich. Sie hätte sich mit ihrem aggressiven Manöver verletzen können.

Ich stecke den Schlüssel für die Penthouse-Suite in das Schloss und drücke den Knopf.

„Ich nehme an, du hast den VLog heute Morgen gesehen", sagt Julianna. Sie klemmt ihre Unterlippe zwischen die Zähne. Ihre Augen glänzen vor Tränen.

Ich lege meinen Arm um ihre Schulter. „Es tut mir leid." Ich schüttle den Kopf und ärgere mich über mich selbst, weil ich dieser kleinen Hexe vertraut habe. „Ich hätte wissen müssen, dass man ihr nicht trauen kann. Sie ist praktisch ein Medium, und die verdrehen immer die Wahrheit." Ich habe das schon unzählige Male gesehen, nicht unbedingt bei mir selbst, aber bei anderen, die ich kenne.

„Es ist nicht deine Schuld, dass sie uns verraten hat. Sie hat Izzie wie eine Idiotin aussehen lassen!" Juliannas Unterlippe zittert. „Wenn Izzie das Video von ihrem Ausraster sieht, wird sie mir nie verzeihen."

Ich räuspere mich und richte mich auf. „Ich werde mich an meinen Anwalt wenden und das Filmmaterial entfernen lassen."

„Papa, nein!", sagt Julianna. „Das macht es nur noch schlimmer. Lass es einfach gut sein. Errege nicht noch mehr Aufmerksamkeit für die Kritik. Vielleicht geht es dann weg."

Es wird nicht von selbst verschwinden, aber ich weiß die Meinung meiner Tochter zu schätzen. Wir erreichen das oberste Stockwerk, und die Flügeltüren öffnen sich.

Julianna geht als erste raus, und ich gehe direkt in mein Schlafzimmer. Ich bin mir nicht sicher, ob Julianna weiß, dass Cali hier geschlafen hat. Wir haben versucht, es geheim zu halten.

Ich ziehe die Decken und Laken vom Bett. Das Zimmer riecht nach Kalifornien, mit einem Hauch von Mandeln, Vanille und Lavendel. Es kitzelt in meiner Nase und verbrennt meine Sinne. Ich will, dass das alles zerstört wird.

Meine Tochter öffnet den Mund, um etwas zu sagen, schließt ihn aber schnell wieder. „Hast du versucht, Cali anzurufen?"

„Warum sollte ich?" Sie hat mit der Rezension deutlich gemacht, dass sie nur daran interessiert war, mich zu vernichten. Die Frau scherte sich einen Dreck um meine Gefühle, oder die meiner Tochter, was das betrifft.

Julianna antwortet nicht. Sie schüttelt den Kopf und öffnet die Doppeltür zum Balkon, um frische Luft in das Schlafzimmer zu lassen.

Alles, um den Geruch von Cali auf meinen Laken zu entfernen. Es ist berauschend.

Wir ziehen das Bett ab, obwohl ich die Laken am liebsten verbrennen würde, überredet mich Julianna, sie von unserem Hausmeisterservice waschen und durch neue Bettwäsche ersetzen zu lassen. Die alten Laken können wir jederzeit spenden. Sie sind noch in tadellosem Zustand. Praktisch wie neu.

Mein Telefon klingelt, und ich krame in meiner Tasche, weil ich nicht weiß, ob es Wyatt ist, der unten Hilfe braucht, oder jemand anderes, der mich um eine Antwort auf eine Frage oder um Hilfe für einen Gast bittet.

Ich werfe einen Blick auf die Anrufer-ID und lehne den Anruf ab.

„Cali?", fragt Julianna und blickt über meine Schulter, als ich ihre Nummer blockiere.

Ich möchte nie wieder mit ihr sprechen.

Manche Betrügereien sitzen tief und zerstören einen Menschen von innen heraus. Ich habe genug Probleme damit, zu lernen, einer anderen Person zu vertrauen, nachdem mein Ex mich mit meinem besten Freund betrogen hat.

Was Cali getan hat, da sitzt der Schmerz tief, brennt und zwingt mich, emotional auszubluten. Ich hätte nie mit ihrem Betrug gerechnet. Vielleicht hätte ich erkennen sollen, dass man Frauen nicht trauen kann, nachdem meine Frau mit mir gespielt hat.

Von Cali hatte ich keinen Verrat erwartet. Ich hätte nie erwartet, dass die Brünette eine dunkle Seite hat. Sie war immer sonnig, sorglos und süß gewesen. War das alles nur gespielt?

Sie hat mich getäuscht.

„Du gehst nicht auf ihren Anruf ein?", fragt Julianna.

„Dafür gibt es keinen Grund. Sie wollte nur ein virales Video machen. Hoffen wir einfach, dass es nicht funktioniert." Ich reiche meiner Tochter mein Handy. „Lösche diese Uhr-App von meinem Handy. Ich will sie oder eines ihrer Videos nie wieder sehen."

„Du kannst sie einfach in der App blockieren", sagt Julianna.

Ich ziehe eine Augenbraue hoch. „Lösche es." Sie hat Glück, dass ich sie nicht zwinge, die App auch von ihrem Telefon zu löschen. „Lass dir das eine Lehre sein, junge Dame. Influencer jagen dem nächsten großen Trend hinterher. Es geht ihnen um die Views und Likes. Es ist ihnen egal, wen sie dabei verletzen oder zerstören."

„Das stimmt nicht immer", sagt Julianna. Sie tippt auf mein Handy und löscht die App, bevor sie mir das Gerät zurückgibt. „Ich finde es schade, dass ich diesen Sommer kein Praktikum bei Cali machen werde."

Ich kann dieses Gespräch nicht mit Julianna führen. Wenn es nach mir ginge, würde ich sie von allen Influencern und sozialen Medien fernhalten. Es ist nicht gesund für sie, jemandem hinterherzulaufen, der berühmt werden will, und zusieht, wie er das Leben eines anderen Menschen zerstört.

Ich stürme aus dem Schlafzimmer und lasse die Laken in einem Haufen auf dem Boden liegen. Ich stapfe ins Wohnzimmer. Zwei Kissen erinnern mich an Cali, obwohl sie schon da waren, lange bevor sie das Penthouse betreten hat. Sie hatte ihren Kopf an ein Kissen geschmiegt, während es auf meinem Schoß lag, und das andere hatte sie fest an ihre Brust gedrückt.

Ich schnappe mir die Kissen und werfe sie ins Schlafzimmer auf den Boden auf dem Stapel Laken und Decken.

„Rufe den Hausmeister an, er sollte die Bettwäsche und die Kissen auf dem Boden entfernen. Ich will das Zeug nie wieder sehen."

———

Ich tue alles, was ich kann, um Cali zu vergessen, um sie aus meinem Gedächtnis zu streichen. Ihr Duft. Ihre Berührung. Ihren Geschmack auf meinen Lippen.

In den nächsten Tagen ertränke ich mich in Alkohol, bis Wyatt die Flaschen aus dem Penthouse entfernt und ich zu müde bin, um an die Bar zu gehen.

Wenn Cali versucht, mich anzurufen, weiß ich nichts davon. Ihre Nummer ist blockiert. Ich überlege, ob ich die Sperrung aufheben soll, aber der Drang vergeht so schnell, wie er gekommen ist.

Ich verabscheue sie.

Diese Frau wusste, wie sie mich schneller zerstören konnte als jeder andere, den ich je getroffen habe. Es ist ekelhaft, abstoßend und abscheulich.

Meine Augen brennen, aber ich weine nicht. Ich bin kein Mann, der Tränen über eine Frau vergießt, die ich kaum kannte.

„Willst du dich für immer hier einschließen?", fragt Wyatt. Er verschränkt die Arme vor der Brust.

„Das scheint mir das Richtige zu sein. Sie hat mein Geschäft zerstört."

„Nein, das tust du, indem du im Penthouse Trübsal bläst, anstatt Gäste zu begrüßen und dem Personal zu helfen. Du weißt doch, dass um diese Jahreszeit viel los ist im Resort."

„Wir hatten eine Reihe von Absagen." Ich schiebe es auf Cali und ihren Versuch, uns zu zerstören.

„Das liegt daran, dass die Fluggesellschaften überbucht sind. Einige sind im Streik. Man kann Cali nicht die Schuld dafür geben, dass die Gäste nicht kommen können. Und dazu gehört auch noch das Wetter, das die Absagen verursacht. Es ist Dezember und Schneestürme kommen in dieser Jahreszeit vor."

„Das sind Ausreden. Nach Neujahr werden wir sehen, dass die Dinge nicht wieder in Gang kommen."

„Nun, die Kinder gehen bald wieder zur Schule", sagt Wyatt. „Versuche, dich zu entspannen. Lass dich massieren, suche dir eine süße kleine Blondine an der Bar. Lass es krachen und zieh weiter."

Ich stöhne und fahre mir mit der Hand durchs Haar. „Ich haue nichts raus."

„Und das ist dein Problem", sagt Wyatt.

„Nein", knurre ich. „Mein Problem ist, dass ich mit Cali geschlafen und ihr vertraut habe. Siehst du, wohin mich das gebracht hat?"

Wyatt zuckt mit den Schultern. „Nicht alle Frauen sind Hexen. Du hast einfach nur Pech. Vielleicht sollte ich sie kennenlernen, bevor du mit ihnen schläfst."

Ich schaue meinen jüngeren Bruder an. „Hast du das Treffen mit Cali vergessen?"

Ein schiefes Grinsen breitet sich auf seinem Gesicht aus. Er hat mich sicher nicht gewarnt, dass sie Ärger machen könnte. Aber das hätte ich schon aus einem Kilometer Entfernung erkennen müssen. All die roten Fahnen, die im Wind wehten. Von dem Moment an, als ich sie kennenlernte, war die Frau auf Blut aus.

Zunächst waren es die Preise, die sie für unverschämt hielt.

„Ich habe eine Überraschung für dich", sagt Wyatt.

Ich hatte schon genug Überraschungen für ein ganzes Leben. „Nein danke." Ich nippe an meinem Bier. Das ist alles, was es im Penthouse an Alkohol gibt. Wyatt glaubt nicht, dass ich mich mit Bier betrinken kann. Nun, ich kann es auf jeden Fall versuchen.

„Diese Überraschung wird dir gefallen. Bleib einfach hier. Mach keine Dummheiten."

Ich starre ihn an, als er auf den Aufzug zugeht. Ich schwöre, wenn er Cali mit hochbringt, bringe ich ihn um. Und dann werde ich mich mit ihr prügeln, bis meine Lungen keine Luft mehr zum Atmen haben.

Ich trinke das Bier aus und nehme ein zweites, wobei ich mir etwas Härteres mit mehr Biss wünsche.

Ein paar Minuten später kommt Wyatt wieder in den Raum. Diesmal hat er meinen alten Freund, Levi Luxenberg, aus New York mitgebracht.

„Levi", sage ich und starre mit glasigen Augen zum Aufzug. Ich bin erleichtert, dass es nicht Cali ist und gleichzeitig enttäuscht.

Was zum Teufel ist los mit mir?

„Logan", sagt Levi und betritt das Penthouse. Ob ich ihn nun hereinbitte oder nicht, er macht es sich gemütlich. Er steuert direkt auf den Kühlschrank zu und holt sich ein Bier. „Willst du eins?", fragt er meinen Bruder.

„Mir geht es gut", sagt Wyatt und schüttelt den Kopf.

„Warum? Du musst ja nicht nüchtern sein. Du gehst heute Abend nirgendwo hin", murmle ich.

Beide Männer ignorieren meine Bemerkung. Ich werfe einen Blick auf Levi. „Wo ist Amelia?", frage ich.

Ich lobe ihn dafür. Die meisten Leute hätten das Kind in einer Pflegefamilie gelassen.

Levi ist nicht wie die meisten Jungs.

„Sie ist mit Clare unten, um einen Happen zu essen. Sie haben Julianna getroffen und mitgenommen."

Ich stöhne. Der Gedanke, dass Levi seine neue Liebe mitbringt, tut weh. Das sollte es nicht. Ich sollte mich für die beiden freuen.

Ich möchte mich für ihn freuen, aber ich suhle mich in meinem selbst gemachten Elend.

„Langer Flug?", frage ich, nehme noch einen Schluck von meinem Bier und versuche verzweifelt, über etwas anderes als sein Liebesleben zu reden. Ich bin froh, dass er jemanden kennengelernt hat, aber ich bin eher in einer schlechten Stimmung für solche Gespräche.

Es ist gut, dass Amelia und seine Freundin nicht mit in das Penthouse gekommen sind. Ich wäre kein sehr guter Gastgeber.

„Gar nicht so schlecht", sagt Levi.

Er fliegt immer privat. Na ja, fast immer. Es ist eine tolle Geschichte über das eine Mal, als er kommerziell flog und wie er das Kindermädchen für seine Tochter kennenlernte. Normalerweise ist das eine nette Geschichte, die ich gerne höre, aber im Moment ist sie mir zu zäh.

„Wyatt hat mir von der Influencerin erzählt", sagt Levi.

„Hat er?" Ich starre meinen Bruder an. „Hat er dir zufällig auch das Video gezeigt, das sie gemacht hat?"

Levi räuspert sich. Seine Augenbrauen sind zusammengezogen, und ich kann nicht sagen, ob er das Video gesehen hat, weil Wyatt es ihm geschickt hat, oder weil es ein Virus ist und ich ihm leidtue.

Ich will es nicht wissen. Ich wäre lieber wie eine Schildkröte und würde mich in meinem Panzer vergraben. Ein Einsiedler, um mich mit niemandem unterhalten müssen.

„Ich habe es gesehen", sagt Levi. „Aber ich würde mir keine Sorgen machen. Man kann ihr nicht trauen. Du wirst ein anderes Mädchen treffen, das nicht vorhat, dich im Schlaf zu ermorden."

Ich glaube, er macht einen Scherz, aber ich lächle nicht. Levi hingegen grinst. „Entspann dich. Ich bin hier, um dir ein paar meiner Ideen vorzuschlagen."

„Ideen?" Er hat die Hotelkette, die ihm gehört, umgekrempelt. Er hat das Unternehmen von seinem Vater geerbt, aber als er es übernahm, war es in Schwierigkeiten.

„Zunächst einmal war das, was das Mädchen getan hat, vielleicht falsch, aber die Idee dahinter war gut."

Ich kann ihm nicht folgen, und ich habe nicht einmal den Hauch eines Lächelns im Gesicht. Ich bin erschöpft. Ich habe keine Lust, um diese Zeit über das Geschäft zu reden. „Können wir die geschäftliche Diskussion auf morgen verschieben?", frage ich.

Ich lehne meinen Kopf zurück und schwinge ihn hin und her, bevor ich den letzten Schluck meines Bieres nehme. Ich hole mir eine weitere Flasche aus dem Kühlschrank und deute ihm mit einer Geste an, dass er sich zu mir aufs Sofa setzen soll.

Levi hatte davon gesprochen, ein paar Tage zu kommen und Amelia mitzubringen, um ihr Snowboard-Unterricht zu geben. Ich hatte nur nicht damit gerechnet, dass sie unangekündigt und uneingeladen auftauchen würden. Obwohl ich das Gefühl habe, dass Wyatt sie eingeladen hat.

Und es ist nicht so, dass wir im Resort keinen Platz hätten.

„Ja, klar", sagt Levi. „Was immer du willst."

Ich will die wunderschöne Brünette mit den blauen Augen und dem sexy Hintern vergessen. Ich möchte sie aus meinem Gedächtnis streichen, und wenn ich es noch einmal machen könnte, würde ich alles ändern, wie wir uns kennengelernt haben. Ich hätte sie nicht zum Essen mitgenommen oder ihr die geringste Aufmerksamkeit geschenkt.

Als sie verletzt war, hätte ich sie von einem anderen Mitarbeiter retten lassen, und ich wäre sicher nicht in ihr Bett geklettert und hätte ihr drei Orgasmen verpasst.

Meine Hände ballen sich zu Fäusten.

Ich hätte sie nie in mein Penthouse mitnehmen dürfen. Ich habe ihr Abendessen gekocht, sie in meine Familie aufgenommen. Wir haben gemeinsam gegessen, und nach einem Film im Wohnzimmer, habe ich sie in mein Schlafzimmer geschleust.

Ich habe in meinem Leben noch nie etwas so sehr bedauert.

Ich bin der Einzige, der daran schuld ist.

Ihr zu vertrauen, war mein Fehler. Nach Jess wusste ich, dass ich niemals einer anderen Frau vertrauen sollte, abgesehen von meiner Tochter, und ich stürzte mich kopfüber in den Fick mit Cali, weil mein Schwanz einen eigenen Willen hatte.

Nie wieder.

10

CALI

ES GIBT KEINE ARBEITSLOSENUN-
TERSTÜTZUNG, wenn man von einer Stelle als
Auftragnehmer entlassen wird. Ich bin also auf der
Suche nach einem neuen Job.

Der Arbeitsmarkt in Los Angeles scheint ziemlich
angespannt zu sein. Die meisten wollen entweder zu
wenig Geld für die Stelle bezahlen oder einen
Praktikanten einstellen. Beides funktioniert bei mir
nicht.

Ich brauche eine Vollzeitstelle.

Rückblickend betrachtet, hatte ich ein Büro und feste
Arbeitszeiten. Ich bin mir ziemlich sicher, dass Bridget
mich als Angestellte und nicht als Auftragnehmerin
hätte bezahlen müssen. Sie wollte sich damit

davonstehlen, dass sie keine Sozialleistungen, einschließlich der Sozialversicherungssteuer, zahlen musste, die ich zu tragen hatte.

Könnte ich sie dafür in Schwierigkeiten bringen? Ja, aber das ist den Ärger nicht wert.

Diese Frau hat mich verarscht.

Ich will einfach nur weitermachen und nie wieder zurückblicken.

Sie nahm das Filmmaterial, das ihr von mir vorlag, veränderte und manipulierte es und stellte es dann online, wobei sie Logan als den Bösewicht darstellte, was völlig unwahr und unfair ist.

Als ich ihn kennenlernte, war er zwar ein wenig mürrisch, aber die Untertitel, die sie zu dem Video hinzufügte, waren völlig ungerecht.

Ich habe es mir einmal angesehen und war entsetzt von ihrer Bosheit. Ich konnte es mir nicht noch einmal ansehen und wollte ihr auch keine zusätzlichen Videoaufrufe bescheren, indem ich es mir wiederholt anschaute.

Ich habe versucht, Logan anzurufen. Er nahm meine Anrufe nicht entgegen. Ich habe weder Juliannas noch Wyatts Nummer. Als ich versuchte, im Hotel anzurufen, um mich durchstellen zu lassen, sagte

Wyatt, ich solle Logan in Ruhe lassen und legte abrupt auf.

Ich konnte niemanden erklären, was passiert war, da mir keiner zuhören wollte.

Wenn ich das Geld hätte, würde ich nach Breckenridge fliegen und Logan alles erklären. Aber ich habe das Geld nicht. Ich komme kaum über die Runden, mein letzter Gehaltsscheck war sehr wenig. Bridget hatte beschlossen, mir den letzten Auftrag nicht zu bezahlen, da sie das von mir zusammengestellte Material nicht verwendet hat.

Aber sie hat es benutzt. Sie hat die Clips, die ich hatte, zusammengeschnitten und ihre eigene Horrorgeschichte daraus gemacht und dem Resort null Sterne gegeben. So etwas sollte man nicht tun!

Hatte Bridget es von Anfang an auf Logan abgesehen?

Offensichtlich gibt es böses Blut zwischen den beiden. Und sie hat deutlich gemacht, dass sie von mir einen vernichtenden Videobericht erwartet. Deshalb hat sie mich in die Berge geschickt, obwohl sie weiß, dass ich die Kälte hasse.

Diese Frau ist abscheulich.

Aber Logan denkt, ich sei das Monster, das ihn verraten hat. Ich war es nicht, und wenn er meine

Anrufe nicht annimmt, wie soll ich ihm dann erklären, was passiert ist?

Ich habe ihm einen Brief geschrieben, aber der kam als abgelehnt zurück. Er hat ihn nicht einmal geöffnet.

Er hasst mich.

Ich kann nichts anderes tun, als weiterziehen. Suche dir einen anderen Job und verbuche dies als eine Lektion in Sachen Geschichte. Geschäft und Vergnügen sollte man nicht vermischen.

Ich hätte nicht mit Logan schlafen sollen. Nicht, dass ich es bereuen würde, aber es war keine kluge Entscheidung.

Es ist Wochen her, dass ich ihn gesehen oder mit ihm gesprochen habe. Ich habe einen Termin für ein Vorstellungsgespräch außerhalb des Landes. Ich kann mir das Flugticket nicht leisten, aber nach zwei Telefon – und Videointerviews mit den Mitarbeitern, hat das Unternehmen angeboten, das Ticket zu bezahlen.

Das Unternehmen möchte seine Hotellinie in mehreren Überseemärkten ausbauen. Sie suchen einen Influencer, der sie in den sozialen Medien unterstützt, Reisen in diese Länder organisiert und die Luxenberg-Hotels bewertet, in denen man übernachten kann.

Ich kann mich nicht beschweren. Es ist ein Job, und die Bezahlung ist besser als das, was ich bisher verdient habe. Außerdem bin ich mit meinen Rechnungen im Rückstand und zahle alles über meine Kreditkarte ab, damit ich die Miete bezahlen kann.

Ich kann so nicht weitermachen. Ich brauche einen Job, auch wenn ich nur Burger braten oder Sandwiches schmieren muss. Das ist meine nächste Option, wenn das hier nicht klappt.

Ich war noch nie in New York. Es ist Winter, Februar, und es ist kühl. Auf dem Gehweg liegt Schnee, aber nicht so viel, dass ich zu spät zum Vorstellungsgespräch kommen würde. Aber ich bin für die Kälte nicht warm genug angezogen.

Ich zittere, als ich in das Gebäude stürme, meine Absatzschuhe rutschen auf dem glatten Pflaster weg.

Ich fluche, schaffe es aber, mich zu fangen, bevor ich auf meinem Hintern lande oder mir das Knie aufschlage. Als ersten Eindruck brauche ich keine zerrissene Strumpfhose.

Mein Nacken tut weh, und mein Arm schmerzt, weil ich versucht habe, mich abzufangen. Ich habe mir einen Muskel gezerrt, aber es könnte schlimmer sein.

Ich hasse Absatzschuhe. Ich trage sie nur, um wie ein Profi zu wirken. Ich habe mich mit mehreren

Mitarbeitern per Videokonferenz getroffen, aber sie wollen, dass ich den CEO persönlich treffe.

Ich melde mich am Hauptschalter an, bekomme einen Besucherausweis ausgehändigt und werde zu den Aufzügen geleitet.

Mit einem schweren Seufzer betrete ich den Aufzug. Wie angewiesen drücke ich den Knopf für den fünfunddreißigsten Stock, und die Aufzugskabine rast in Rekordgeschwindigkeit nach oben. Mein Herz klopft in der Brust, und mein Magen ist ein Nervenbündel. Ich habe heute Morgen kaum gefrühstückt, aus Angst, mir könnte schlecht werden.

Ich sollte nicht nervös sein, aber es ist ein großes Unternehmen und ein wichtiges Vorstellungsgespräch. Wenn ich den Job bekomme, muss ich wahrscheinlich nach New York ziehen, aber dann kann ich wenigstens meine Rechnungen bezahlen.

Nicht, dass New York City billiger wäre als Los Angeles.

Ich hätte mir einen Job in einer Kleinstadt bei einem Unternehmen suchen sollen, das eine Präsenz in den sozialen Medien benötigt. Nur hat mich eine Kleinstadt zu Logan Henderson geführt, und diesen Weg möchte ich nicht noch einmal einschlagen.

Kleinstädte bedeuten, dass jeder jeden kennt. Es gibt keine Geheimnisse. Wenn Sie sich mit jemandem verabreden und es nicht klappt, werden Sie ihn immer im Supermarkt, an der Tankstelle oder im Restaurant sehen. Nein, danke.

Ich bin fertig mit diesem Leben. Eine Woche war zu viel.

Die Fahrstuhltüren klingeln, als ich den fünfunddreißigsten Stock erreiche und aussteige. An der Vorderseite befindet sich ein weiterer Empfangsschalter.

„Kann ich Ihnen helfen?"

„Ja, ich bin hier, um Herrn Luxenberg zutreffen. Ich habe einen Termin bei ihm."

„Und Sie sind?", fragt die Frau.

„Cali Sinclair".

„Nur eine Sekunde", sagt sie und greift zum Telefon, um ihm mitzuteilen, dass seine Gesprächspartnerin eingetroffen ist.

„Gehen Sie rein, geradeaus und den Flur entlang." Die Frau gibt mir ein Zeichen, dass ich vorgehen soll. Obwohl ich mich wundere, dass mich niemand begleitet, ist klar, dass alle unglaublich beschäftigt sind.

Die Tür ist geschlossen, und als ich näher komme, schwingt sie auf. Logan tritt heraus. „Cali?"

„Logan?", sage ich und starre zu ihm auf. Es ist, als hätte man mir den Wind aus den Segeln genommen. „Ich-" Ich habe so viel zu sagen, aber es kommt nicht so schnell heraus, wie ich es gerne hätte.

„Ms. Sinclair?", dröhnt die Stimme eines Herrn aus dem Büro, der darauf wartet, dass ich eintrete.

„Ich muss gehen", sage ich und zeige auf die Tür. „Es tut mir leid, wegen allem." Ich kaue auf meiner Unterlippe, so dass sie rau wird, als ich an Logan vorbeischleiche und die Tür schließe. Ich bin mir nicht sicher, ob Mr. Luxenberg möchte, dass die Bürotür geschlossen ist, aber ich will nicht, dass Logan hier herumhängt.

Woher kennen sich Logan und Mr. Luxenberg eigentlich?

Der Herr hinter dem Schreibtisch steht auf, kommt auf mich zu und schüttelt mir die Hand. „Ich bin Levi, und Sie müssen Ms. Sinclair sein.

„Bitte, nennen Sie mich Cali", sage ich. Wenn er nicht förmlich ist, werde ich es auch nicht sein.

„Bitte, setzen Sie sich", sagt Levi.

Ich tue, was er verlangt, und setze mich ihm gegenüber, während er einen Blick auf meinen Lebenslauf wirft. Seine Augen funkeln, und er lächelt mit zusammengekniffenen Lippen. „Was bringt Sie den ganzen Weg von Kalifornien hierher, und sagen Sie mir nicht, dass es nur der Job ist."

Ich atme schwer aus.

Das ist Scheiße.

Wenn Levi und Logan befreundet sind, wird er mich nie einstellen, wenn er erfährt, wer ich bin.

„Lange Geschichte", sage ich und winke abweisend mit der Hand. „Sie ist nicht sehr interessant. Ich bin auf der Suche nach einem Neuanfang."

Die Bürotür öffnet sich quietschend, und Logan kommt mit einer Tasse heißen Kaffee zurück.

Mein Tag wird immer schlimmer.

„Mr. Henderson wird sich uns für das Gespräch anschließen", sagt Levi. „Wir planen unsere sozialen Medien auf unser Skigebiet auszuweiten."

„Was?" Mir schwirrt der Kopf. „Im letzten Gespräch hatte die Frau, Janet, erwähnt, dass Sie jemanden für Social-Media-Kampagnen in Europa suchen."

„Wir waren es, aber diese Stelle wurde intern besetzt. Die Stellenbeschreibung bleibt die gleiche. Sie würden nur an einer anderen Produktlinie arbeiten. Ist das ein Problem?", fragt Levi.

Ich atme scharf ein. „Natürlich nicht", sage ich und zwinge mich zu einem Lächeln.

Logan nippt an seinem Kaffee und steht an der Tür.

„Willst du dich nicht setzen?", fragt Levi und blickt seinen Kollegen an.

Ich hatte nicht gewusst, dass Logan mit Luxenberg-Enterprises zu tun hat. Hatte er sein Skigebiet nach dem schrecklichen Videobericht, den Bridget erstellt und online gestellt hatte, an ein großes Unternehmen verkauft?

Logan kommt herum und lehnt sich an die Wand zwischen Levi und mir. „Ich würde gerne etwas über Ihre früheren Erfahrungen hören. Eine Kampagne, die Sie kürzlich durchgeführt haben und die eine negative Auswirkung hatte."

Das kann nicht sein Ernst sein.

Jetzt ist meine Chance, mich zu entschuldigen und alles, was falsch gelaufen ist, wiedergutmachen. Aber wird er meine Entschuldigung annehmen?

Ich brauche diesen Job, um meine Rechnungen bezahlen zu können. Ich kann nicht ständig meine Kreditkarte abbuchen, meine Rechnungen und die Miete draufschlagen und den Mindestbetrag zahlen.

Ich zappele in meinem Sitz, richte meinen Rücken auf und vergewissere mich, dass meine Füße fest auf dem Boden stehen. „Ich habe noch nie eine Kampagne gemacht, die negative Auswirkungen hatte."

„Wir stellen keine Lügner ein", sagt Logan, stößt sich von der Wand ab und stellt sich aufrecht hin.

„Es gab einige Kampagnen, die ich gemacht habe, die nicht so erfolgreich waren wie andere, aber ich habe nie absichtlich dem Ruf eines Unternehmens geschadet."

„Blödsinn."

Levi zieht seine Augenbrauen hoch. „Ich nehme an, Sie beide kennen sich?" Er lehnt sich in seinem Stuhl zurück und verschränkt die Arme vor der Brust.

Der Mann wird eine Show bekommen, ob er sie will oder nicht.

„Sie ist die Frau, die das Video gepostet hat, in dem versucht wurde, meine Firma zu zerstören. Ich werde sie auf keinen Fall als Mitarbeiterin einstellen", sagt Logan.

„Kann ich das erklären?"

„Bitte tun Sie das", sagt Levi. Er wirft einen Blick auf meinen Lebenslauf und holt einen Stift von seinem Schreibtisch, um etwas zu notieren.

„Ich bleibe nicht hier, um mir deine Ausreden anzuhören." Logan geht auf die Tür zu.

„Es tut mir leid", sage ich. „Aber das war nicht mein Video-Review. Bridget hat mein Material genommen und ihre eigenen Beiträge erstellt."

Logan hält an der Tür inne und schnauft leise vor sich hin. „Netter Versuch." Er öffnet die Tür und geht hinaus, ohne mir einen Blick zuzuwerfen.

Levi verzieht das Gesicht und faltet seine Hände. „Selbst wenn Sie die richtige Kandidatin wären, müssten Sie leider direkt unter Logan Henderson arbeiten, und zwar Vollzeit. Ich glaube nicht, dass das möglich ist."

Ich schüttle den Kopf. „Ich bin nicht hierhergekommen, um für Logan zu arbeiten." Nicht, dass er mich einstellen würde. „Aber ich würde gerne erklären, was passiert ist." Ich bezweifle zwar, dass Levi sich auf meine Seite schlagen oder mit Logan darüber sprechen wird, aber vielleicht kann er eine andere Möglichkeit in seiner Firma für mich finden. Eine andere Niederlassung, in der ich arbeiten kann?

„Ich habe das Video gesehen. Ich hätte zwei und zwei zusammenzählen sollen. Mir ist nicht in den Sinn gekommen, dass Sie dieselbe Cali Sinclair sein könnten wie das Mädchen aus Kalifornien, das auf dem Herzen meines Freundes herumgetrampelt ist."

Ich zucke zusammen. „Das Video, das Sie gesehen haben, war nicht das, was ich erstellt habe." Ich stecke meine Hand in die Tasche und hole einen USB-Stick heraus. „Ich habe mehrere Videorezensionen und andere Beispiele, die ich für dieses Interview zusammengestellt habe." Ich schiebe das kleine Gerät über den Schreibtisch. „Bitte, nehmen Sie es."

„Können Sie erklären, warum Sie Ihre vorherige Stelle aufgegeben haben?", fragt Levi.

„Meine Chefin, Bridget Lancaster, bestand darauf, dass ich aufhöre, positive Fünf-Sterne-Bewertungen für Orte abzugeben, die ich besuche. Sie schickte mich im Winter in die Berge, in der Hoffnung, ich würde ihren Hinweis verstehen und einen vernichtenden Beitrag für den VLog schreiben."

„Und was ist passiert?"

Ich zeige auf den USB-Stick. „Sie können sich die Werbespots ansehen, die ich für das Blue-Sky-Resort gemacht habe. Sie zeigen, wozu ich fähig bin, und ich versichere Ihnen, dass das Videomaterial, das Sie vielleicht von *Urlauber-Paradies* gesehen haben, zwar von mir stammt, aber nicht alles davon gezeigt werden sollte. Die Untertitel und der Ton waren nicht mein Werk."

Levi schenkt mir ein warmes Lächeln. „Ich werde mir die Unterlagen und Ihr Portfolio genauer ansehen. Aber Sie sollten wissen, dass Logan die endgültige Entscheidung treffen wird."

„Darf ich fragen, wie viele andere Bewerber Sie für die Stelle in die engere Wahl gezogen haben?" Sie haben mich aus Kalifornien eingeflogen. Ich hätte gute Chancen gehabt, die Stelle zu bekommen, bevor Logan auftauchte.

Aber es ist nicht seine Schuld. Man hatte mir nicht gesagt, dass ich an einem Resort-Projekt in den Bergen arbeiten würde.

„Es gibt ein paar Kandidaten", sagt Levi und hält sich bedeckt.   „Während   die   ursprüngliche Stellenausschreibung einen Umzug nach New York vorsah, müssten Sie für diese Stelle in Montana leben."

Ich lache leise vor mich hin.

„Ist das ein Problem, Ms. Sinclair?", fragt Levi.

„Nein, Sir. Aber wenn ich ehrlich bin, glaube ich nicht, dass Logan das jemals gutheißen wird, und ich kann mir nicht vorstellen, dass wir gut zusammenarbeiten können."

Levi nickt und notiert sich etwas. „Lassen Sie mich das mit ihm besprechen. Wir bleiben in Kontakt." Er steht auf und begleitet mich aus seinem Büro, den Flur entlang, vorbei an Logan, der mit der Empfangsdame in der Nähe des Aufzugs streitet.

Sie bekommt wahrscheinlich eine Standpauke.

Schläft er auch mit ihr?

11

LOGAN

„DU HÄTTEST MICH WARNEN KÖNNEN!" Mein Körper kribbelt vor Wut, wie ein Vulkan, der jeden Moment auszubrechen droht.

Ein paar Mitarbeiter schauen auf dem Flur in unsere Richtung.

Cali ist im Aufzug auf dem Weg nach unten. Ich warte so geduldig wie möglich, bevor ich plötzlich ausraste.

„Lass uns das unter vier Augen besprechen", sagt Levi und geht in sein Büro.

Ich gehöre nicht zu seinem Personal. Ich arbeite nicht für Levi Luxenberg. Wir sind gleichberechtigt. Nun, technisch gesehen, bin ich der größere Anteilseigner des Resorts.

Als er uns im Dezember besuchte, hatte er ein paar gute Ideen, die mich dazu brachten, ihn zum Teilhaber zu machen. Er erhält einen kleinen Prozentsatz zusätzlich zu einer Gewinnbeteiligung für jede Pistenkarte, die wir an einem Tag verkaufen.

Im Gegenzug wird er die offizielle Einstellung unseres Social-Media-Experten vornehmen, der unser Image verbessern und uns die nötige Publicity verschaffen wird. Die Stelle untersteht meiner Leitung, wird aber von Luxenberg-Enterprises bezahlt. Der Mitarbeiter wird mir unterstellt sein und muss in oder in der Nähe von Breckenridge wohnen. Es handelt sich nicht um eine Stelle, die von zu Hause oder vom anderen Ende des Landes ausgeübt werden kann.

Er schließt die Bürotür sanfter, als ich es tun würde, als ich hineinstürme. „Findest du das witzig, Cali zu einem Vorstellungsgespräch herzubringen?" Ich möchte etwas oder jemanden verprügeln. Vielleicht sollte ich den Fitnessraum aufsuchen. Levi hat bestimmt einen für seine Angestellten.

Levi lächelt, seine Schultern sind entspannt. Er ist nicht im Geringsten angespannt oder aufgeregt über das, was gerade passiert ist. Es muss schön sein.

„Ich war genauso überrascht wie du", sagt er. Er setzt sich hinter seinen Schreibtisch, nimmt den USB-Stick vom Schreibtisch und steckt ihn in den Steckplatz.

„Aber du sagtest doch, dass das Video, das sie gemacht hat, sehr gut besucht war."

„Wyatt hat mir das erzählt. Ich habe es mir seit dem Tag nach Weihnachten nicht mehr angesehen." Die schrecklichen Dinge, die sie über die Firma und mich gesagt hat, haben sich in meinem Gedächtnis eingebrannt. Es ist schwer, beides zu trennen, wenn mir das Unternehmen gehört und ich dort wohne. Ich bin stolz auf meine Arbeit und meine Leistungen.

Ich sollte dankbar sein, dass ich nach dem Sturz von Cali aus dem Skilift noch nichts von einem Anwalt gehört habe.

„Wusstest du, dass Cali früher für Bridget Lancaster gearbeitet hat?", fragt Levi.

Ich reibe mir den Nacken und setze mich gegenüber von Levi auf den Stuhl. „Sie hat es vor einer Weile erwähnt." Ich hatte es vergessen. Es war leicht, das zu verdrängen, nach allem, was sonst so passiert ist.

„Diese Frau hatte es immer auf dich abgesehen."

„Jede Frau scheint es auf mich abgesehen zu haben", murmele ich. Cali eingeschlossen.

Levi zieht es vor, meine Bemerkung zu ignorieren. Ich bin sicher, er weiß, dass es nichts bringt, mit mir darüber zu streiten. „Cali hat mir ein paar zusätzliche

Proben geschickt. Sie behauptet, dass das Video, das wir in dem VLog gesehen haben, nicht von ihr stammt."

„Wer hat das Filmmaterial gedreht?"

„Sie behauptet nicht, dass sie es nicht aufgenommen hat, aber der Bericht und die Bildunterschriften stammen nicht von ihr. Sie hat an diesem Morgen ihren Job verloren und wurde gefeuert", sagt er.

„Ich verstehe das nicht."

„Ich glaube, Bridget hat das Video gemacht und Cali entlassen, weil sie nicht das getan hat, was sie wollte."

Ich lache leise vor mich hin. „Cali ist also kein vorbildlicher Mitarbeiter."

Levi öffnet den Ordner von dem USB-Stick auf seinem Computer und dreht den Bildschirm so, dass wir beide den Inhalt sehen können. Er geht das erste Video durch, das das Blue-Sky-Resort vorstellt, und auf dem Videomaterial sind die Pisten zu sehen, mit Kindern und Familien, die lachen und Spaß haben. Es gibt ein Video vom Ski-Resort, dem Restaurant, dem Essen am Tisch und dem Shop. Der Bericht ist positiv und optimistisch.

Ich stehe auf, weil ich genug gesehen habe. „Sie muss gewusst haben, dass sie zu einem Vorstellungsgespräch für mein Resort kommt."

„Ich glaube nicht, dass das möglich ist. In der Stellenausschreibung stand nichts davon, und erst gestern haben wir offiziell die interne Versetzung für eine andere Stelle vorgenommen, sonst hätten wir einen anderen Bewerber für die Stelle gehabt."

Ich weiß nicht, wer der andere Kandidat ist, aber er muss besser sein, als sich jeden verdammten Tag mit Cali herumzuschlagen. „Ich will den anderen Kandidaten", sage ich.

„Das ist keine Option. Wir haben ihr gesagt, dass sie für die Stelle nach Montana ziehen müsste, und sie hat abgelehnt. Sie fragte, ob sie in die neue Abteilung für unsere internationalen Social-Media-Projekte wechseln könne. Angesichts ihrer Erfahrung und ihrer langjährigen Zugehörigkeit zum Unternehmen war dies die beste Entscheidung für alle.

„Alle außer mir."

„Ich habe mit ihr einen spektakulären Kandidaten gefunden. Ich kann nichts dafür, dass ihr beide euch gegenseitig hasst."

Ich öffne den Mund, um zu widersprechen und Levi zu sagen, dass ich sie nicht hasse, aber ich kann es nicht. Ich bin wütend, verbittert und nachtragend.

„Warum hat sie das *Ferienparadies* wirklich verlassen?", frage ich.

„Das musst du sie fragen", sagt Levi. Er startet den nächsten Videoclip, und der ist ähnlich wie der Letzte, der Text ist anders, aber es ist eine weitere Fünf-Sterne-Bewertung. „Aber es ist klar, dass das Video auf der Webseite nicht von ihr erstellt wurde. Sie mag die Clips gefilmt haben, aber das ist alles, wofür sie verantwortlich ist. Der Text ist anders, das Design-Layout."

„Wie zum Teufel sind sie an das Überwachungsmaterial von ihrem Sturz gekommen?", frage ich und erinnere mich, dass das Original einen Ausschnitt von ihrem Sturz aus dem Skilift zeigte, der wiederholt gezeigt wurde.

„Ein Anwalt hat sich nicht an dich gewandt?", fragt Levi. „Ich nahm an, dass jemand das Filmmaterial als Teil eines laufenden Prozesses angefordert hat."

„Nichts."

Er atmet schwer aus und streicht sich über den Kiefer. „Das ist seltsam und interessant zugleich. Ich glaube nicht, dass Cali dahintersteckt. Sie scheint nicht der Typ dafür zu sein."

„Sie hat versucht, meine Firma mit einem einzigen Video zu zerstören. Wie kommst du darauf, dass sie nicht der Typ dafür ist?" knurre ich.

Levi steht auf und geht zu einem Mini-Kühlschrank in seinem Büro. Er öffnet ihn und nimmt zwei Flaschen Wasser heraus.

„Ich bin nicht durstig", sage ich.

Er drückt mir die Flasche in die Hand. „Du hast genug Koffein getrunken, und es ist zu früh, um etwas zu trinken, was es in einer Bar gibt. Wasser", sagt er, als wäre es ein Befehl.

Verflucht sei er.

Ich schraube den Deckel auf und nehme einen Schluck. „Diese Frau nervt mich, Levi. Ich kann nicht mit ihr arbeiten."

„Sie ist ziemlich begabt." Er ignoriert mich und spielt den dritten Videoclip aus der Datei ab. Es gibt mehr Grafiken, Text und die Stimme, von Cali.

Ich hole tief Luft, und meine Finger zerdrücken unwillkürlich die offene Wasserflasche in meiner Hand und bespritzen mich. Ich fluche, springe auf und ziehe meine Anzugjacke aus. „Hast du zufällig Papiertücher herumliegen?"

„Im Badezimmer gibt es einen Händetrockner."

Ich murre und gehe aus seinem Büro, mein Hemd ist durchnässt. Auf dem Weg dorthin ernte ich ein paar seltsame Blicke, aber zum Glück ist das Wasser nicht in meinem Schritt gelandet. Das ist das Einzige, was diesen Tag noch schlimmer hätte machen können.

Nach der Arbeit gehen Levi und ich in die Bar, um etwas Dampf abzulassen. Amelia ist bei Clare.

„Wie geht es dir und Clare?", frage ich, weil ich über etwas anderes als Cali und die Vorstellungsgespräche sprechen möchte. Wir hatten zwei Vorstellungsgespräche, darunter auch das von Cali, und es war klar, dass sie die Richtige für den Job ist. Aber ich bin überzeugt, dass jede andere immer noch besser wäre, als sich mit der schönen Füchsin anzulegen, die mein Herz gestohlen und es öffentlich vor aller Augen zertreten hat.

Zumindest fühlt es sich so an.

Ich bin ein bisschen über dramatisch, aber ich kann nichts dafür, dass ich wütend auf sie bin, und die einzige Möglichkeit, diesen Schmerz auszulöschen, sind ein paar Drinks. Zumindest wird es ihn abschwächen.

„Clare geht es gut. Wir gehen es beide langsam an", sagt Levi.

„Langsam? Du fickst das Kindermädchen."

„Sei nicht so krass. Ich liebe die Frau, und sie kann gut mit Amelia umgehen. Die Tatsache, dass sie zufällig das Kindermädchen ist, ist ein zusätzlicher Pluspunkt. Und, nicht, dass wir es jemandem erzählen, aber wir versuchen, einen Jungen zu bekommen."

„Ist das ein Ding?", frage ich und nippe an meinem Bourbon. „Wie spezielle Stellungen oder so ein Scheiß, um sicherzustellen, dass es ein Junge und kein Mädchen wird?" Jess und ich hatten nur ein Kind, Julianna, das nicht im Geringsten geplant war. Jess wollte nie mehr Kinder haben.

„Das wäre lustig", sagt Levi mit einem verruchten Grinsen, „aber ich glaube nicht, dass es so funktioniert. Vielleicht versuchen wir es trotzdem. Google es im Internet."

Ich trinke meinen Bourbon aus und bestelle noch einen. Das Hotel, in dem ich in einem von Levis Häusern wohne, ist zu Fuß erreichbar. Ich muss mich nicht hinter das Steuer eines Autos setzen und auch nicht weit laufen.

„Wie geht es Jules? Passt Wyatt auf sie auf, während du hier bist?"

„Ja", sage ich und schaue auf mein Handy. „Ich habe angerufen und ihr eine Nachricht hinterlassen, aber sie hat bei Izzie übernachtet." Mein Kiefer krampft sich zusammen.

„Du siehst gestresst aus."

„Wann bin ich nicht gestresst? Ich kann nicht sagen, ob Juliannas Übernachtung nur eine Art Mädchenabend ist oder etwas mehr. Und wenn es mehr ist, finde ich, dass sie mit fünfzehn nicht dort übernachten sollte."

„Was meinst du?", fragt Levi.

„Julianna mag Mädchen." Ich hatte weniger Probleme damit, als sie noch unter meinem Dach schliefen und ich der Elternteil war, der zu Hause war.

„Nun, sie kann nicht schwanger werden." Levi klopft mir auf den Rücken. „Entspann dich. Sie ist ein Teenager. Sie erkunden noch alles, was neu ist. Weißt du noch, als wir in dem Alter waren? Lass uns heute Abend nicht daran denken, okay?"

Ich stöhne. Leichter gesagt als getan. „Warte nur, bis Amelia fünfzehn ist und alt genug, um sich zu verabreden."

Levis Oberlippe kräuselt sich. „Halte die Klappe. Meine Tochter trifft sich mit niemandem, bevor sie dreißig ist."

„Viel Glück dabei, sie davon abzuhalten, diese verrückte Regel nicht zu brechen." Auch wenn es sich gar nicht so schlecht anhört. Wenn ich Julianna davon abhalten könnte, sich mit jemandem zu verabreden, bis sie dreißig ist – egal ob Mann oder Frau – wäre ich voll dafür.

Ich habe in wenigen Stunden mehr Alkohol konsumiert, als ich sollte. Frauen tanzen, und einige kommen auf mich zu, fordern einen Tanz und wollen, dass ich sie nach Hause bringe.

Ich bin nicht interessiert.

Sie sind blass im Vergleich zu Cali. Die Frau hat sich nicht nur in mein Herz und meine Gedanken geschlichen, sondern auch in die Stadt. Warum kann sie nicht an der Westküste bleiben? Warum musste sie sich um einen Job bewerben und nach New York kommen?

Levi blickt auf seine Uhr. „Ich sage das nur ungern, aber ich habe eine Frau zu Hause und eine Tochter, die ins Bett gebracht werden muss." Er legt dem Barkeeper genug Geld auf den Tresen, um unsere Getränke zu bezahlen.

Nicht, dass ich es nötig hätte, dass er meine Rechnung übernimmt. Aber ich weiß es zu schätzen. Ich bin mir nicht sicher, ob ich in der Lage bin, ein ordentliches

Trinkgeld zugeben. Zu viel Alkohol macht das Rechnen schwer.

Julianna würde es allerdings „*Mathe*" nennen. Das Kind verwandelt gerne Substantive in Verben.

„Wir sehen uns morgen", murmle ich, als Levi seine Jacke anzieht.

„Ich bringe dich zum Hotel."

„Es ist gleich auf der anderen Straßenseite. Ich komme allein zurecht." Ich brauche ihn nicht als meinen Babysitter. Mir geht's gut. Nun, abgesehen von der herzzerreißenden Wut, die mich durchströmt. Ansonsten geht es mir prima.

„Wir haben alles bezahlt. Ich bringe dich nach Hause." Levi schnappt sich meinen Mantel von der Lehne des Barhockers und reicht ihn mir, als ich aufstehe.

Ich habe einen guten Gleichgewichtssinn, anders als die heiße Brünette, die in meiner Nähe ständig hinfiel. Vielleicht bin ich der Grund dafür, dass sie ständig stolpert und in meiner Nähe ganz nervös wird.

Obwohl sie heute Morgen beim Vorstellungsgespräch nicht auf die Nase gefallen ist.

Schade.

Levi geht mit mir wie ein Kind über die Straße und betritt mit mir das Foyer. „Ich weiß, du willst das nicht hören, aber wir sind Freunde. Legt eure Differenzen beiseite und stelle Cali ein. Sie ist gut für das Resort."

Warum zum Teufel musste er *sie erwähnen*? Gerade als mein Abend endlich besser wurde. „Ich kann es von hier aus übernehmen. Ich brauche keine Anstandsdame. Geh nach Hause zu deinem Kindermädchen", sage ich und grinse.

„Ja, Sir", scherzt Levi und geht wieder nach draußen.

Ich werfe einen Blick in Richtung der Aufzüge. Ich könnte nach oben in mein Zimmer gehen und die Minibar ausräumen, aber was wäre das für ein Spaß? Ich brauche eine Ablenkung, und ein weiterer Drink ist die richtige Antwort. Besonders nach seiner kleinen Rede über die Brünette.

Ich gehe zur Hotelbar und atme schwer aus, als ich sie an der Theke auf einem Hocker sitzen sehe. Sie nippt an einer Limonade, es könnte aber auch eine Rum-Cola sein. Ich weiß nicht, was sie am liebsten trinkt.

Ich weiß nicht viel über sie.

„Ist dieser Platz besetzt?" Ich schnappe mir den Hocker neben ihr und setze mich auf ihn, ob sie es will oder nicht.

Cali bewegt sich auf dem Hocker. Eine Augenbraue hebt sich, als sie merkt, dass ich es bin. Vielleicht dachte sie, es sei ein anderer Verlierer, der sie anbaggert.

„Ich hätte nicht gedacht, dass du mit mir etwas trinken willst", sagt Cali. Sie winkt den Barkeeper heran, runzelt aber die Stirn.

Riecht sie den Schnaps in meinem Atem? Wir sind uns ziemlich nahe, und die Bar ist fast leer. Ich hätte mich auch woanders hinsetzen können, aber ich beschloss, mich zu quälen, indem ich mich neben sie setzte.

Qualen.

Ich sollte weggehen. Sie allein lassen, damit sie ohne mich leiden kann.

Ich habe mich schon genug bestraft und bedauere alles, was wir zusammen erlebt haben. Ich möchte sie hassen, aber ich hasse mich noch mehr.

„Du bist eine echte Hexe", sage ich und winke den Barkeeper herüber. „Ich nehme einen Bourbon Whiskey." Meine Augen brennen, und der Raum schwankt leicht, aber ich bleibe auf dem Barhocker sitzen. Ich bin noch nicht fertig. Nicht, solange Cali neben mir an der Bar sitzt.

„Das habe ich verdient", sagt Cali. Sie ist ruhig, spricht leise. Nicht so, wie ich sie in Erinnerung habe. Da war eine Leidenschaft in ihren Augen, eine Hitze in ihren Wangen, besonders als wir uns küssten und ich mit meinen Lippen über ihren Körper strich.

Die Erinnerungen an sie fesseln mich.

Ich trinke einen Schluck Bourbon und wünsche mir einen weiteren.

„Es ist nicht einmal der Scheiß, den du über mich gesagt hast, der mich wütend macht. Sondern dass du mein Kind und ihre Freundin mit hineingezogen hast", schimpfe ich. „Was für ein Monster tut so etwas?"

Ihr Blick wandert von mir zu ihrem Getränk, das sie studiert, als würde es die Antworten liefern und alles lösen, einschließlich des Welthungers. Nun, rate mal, Cali, dein Schweigen ist Antwort genug.

Akzeptanz.

Vereinbarung.

Sie streitet nicht mit mir und argumentiert auch nicht auf ihrer Seite der Geschichte.

„Du hast nichts zu sagen?" schimpfe ich.

„Du bist betrunken, Logan. Jetzt ist nicht der richtige Zeitpunkt für ein tiefgründiges und sinnvolles Gespräch."

„Wann ist es soweit? Bevor wir ficken?", frage ich und knurre sie an. „Weil du mir versichert hast, dass ich mir keine Sorgen machen muss, und dann hast du mich verarscht. Du hast versucht, meine Firma zu zerstören, und schlimmer noch, meine Tochter und ihre Freundin. War das ein Spaß für dich? Sich mit der Familie eines Milliardärs anzulegen und ihn die Scherben aufsammeln zu lassen. So funktioniert das Leben nicht."

Cali kramt in ihrer Handtasche, legt einen Zwanziger auf den Bartresen und schwingt dann die Beine vom Barhocker. „Ich mache das nicht mit dir."

„Was nicht? Ehrlich sein?" erwidere ich. „Du bist gut im Lügen, Cali. Das hast du mehr als deutlich gemacht. Wie hast du Levi dazu gebracht, dich zu einem Vorstellungsgespräch einzuladen? Welche Verbindungen hast du? Oder hast du versucht, mich von innen heraus zu zerstören?"

„Du bist betrunken", sagt Cali und schnappt sich ihren Mantel. Sie verlässt die Bar, ihre Absatzschuhe klappern über die Holzdielen.

Ich lege das Geld für meinen Drink auf den Tresen. Ich sollte sie gehen lassen, sie in Ruhe lassen und den Alkohol ausschlafen.

Aber ich kann mich nicht zurückhalten.

Meine Selbstbeherrschung ist schon vor Stunden aus dem Fenster geflogen. Ich befinde mich gerade auf einem Zug der Selbstzerstörung und fahre direkt nach Cali-Town.

Ich eile aus der Bar, meine Füße rutschen auf dem Boden aus, der von Holz zu Marmor wechselt. Aber ich fange mich, bevor ich mich noch mehr zum Affen mache.

Die gute Nachricht ist, dass hier niemand weiß, wer ich bin. Ich habe früher in New York gelebt, aber ich bin kein Medienhighlight. Levi hatte immer mehr Medienpräsenz als ich. Darum beneide ich ihn nicht.

Cali steuert auf die Aufzüge zu, und ich folge, einige Schritte hinter ihr. Sie hat bereits den Knopf gedrückt, um nach oben zu fahren, aber die Aufzugskabine ist noch nicht angekommen. Drei Aufzüge führen zwanzig bis vierzig Stockwerke nach oben, aber sie scheinen langsam zu sein.

„Bitte sag mir, dass du auf dein Zimmer gehst", sagt Cali.

Es sind viele Leute da, aber niemand sonst wartet an den Aufzügen. Ich sollte dankbar sein, dass wir unsere eigene Art von Privatsphäre haben können, aber ich bin nicht glücklich.

„Ich bin noch nicht fertig. Warum bist du hier?"

Cali kneift sich in den Nasenrücken. „Nicht, dass es dich etwas angehen würde, aber ich wohne in diesem Hotel, weil ich zu einem Vorstellungsgespräch nach New York gekommen bin."

Ich weiß das. Ich bin betrunken, aber kein Idiot. „Das meine ich nicht", sage ich und verziehe das Gesicht, als ich den Kopf schüttle. „Warum Luxenberg-Enterprises? Was ist in Kalifornien passiert?" Ich muss es aus ihrem Munde hören.

Der schwierigste Teil wird jedoch sein, sich morgen daran zu erinnern.

12

CALI

LOGAN HAT MICH NIE ZURÜCKGERUFEN. Ich vermute, dass er meine Nummer gesperrt hat. Ich schrieb ihm einen Brief, der zurückkam, aber er hatte ihn nicht geöffnet.

Und jetzt will er eine Erklärung? Ich habe in den letzten zwei Monaten, versucht, ihm eine zu geben. Es ist klar, dass er nichts mit mir zu tun haben wollte.

Was hat sich geändert?

Ich bin frustriert. Müde. Ich bereue die Entscheidung, dass ich nach New York gekommen bin. Wenigstens bin ich nicht hierhergezogen. Es war nur ein lausiges Vorstellungsgespräch. Ich kehre nach Hause zurück und suche weiter nach einem anderen Job.

„Was ist im *Ferienparadies* passiert? War es nicht ein solches Paradies?", erwidert er.

Er ist betrunken, und ich habe den Willen, nicht auf seine Fragen einzugehen und ihn zu ignorieren. Ich warte auf den Aufzug, möchte in mein Zimmer zu gehen, und den beschissenen Tag, den ich hatte, vergessen. Morgen werde ich nach Hause fliegen und nie wieder an Logan Henderson denken.

Aber es ist schwer, nicht an ihn zu denken.

Ich habe ihn über den Tisch gezogen, obwohl es nicht meine Schuld war und Bridget hinter dem Video und der bösen Bewertung steckt, lastet ein schlechtes Gewissen auf mir.

Ich ertrinke auf dem Grund des Ozeans und weigere mich, meinen letzten Atemzug zu tun. Stattdessen lasse ich mich vom Wasser und der Strömung auf den dunklen Grund des Meeres hinunterziehen.

„Und?" Logan legt den Kopf schief, die Augen weit aufgerissen, während er auf meine Antwort wartet.

„Ich wurde gefeuert", sage ich und atme erleichtert aus, als sich die Fahrstuhltüren öffnen.

Ich bin nicht so erleichtert, als er hinter mir herkommt.

Ich ignoriere ihn, drücke den Knopf für das Stockwerk und hoffe, dass er dasselbe tut und wir dieses Gespräch so schnell beenden können, wie es begonnen hat.

„Das überrascht mich nicht", sagt er und starrt mir direkt in die Seele. Er steht mit dem Rücken zu den Aufzugtüren und hat noch keine Knöpfe für die Etagen gedrückt. Aber er weiß genau, wie er meine Knöpfe drücken kann. „Nach dem Bericht, den du geschrieben hast, hätten sie dich feuern müssen."

Mir fällt die Kinnlade herunter. Es sollte mich nicht überraschen, dass er denkt, ich stecke hinter der entsetzlichen Bewertung des Resorts, aber ich hatte nichts damit zu tun. Ich wurde gefeuert, bevor Bridget die Videokritik fertiggestellt und veröffentlicht hat.

„Erstens wurde ich nicht wegen der Videobewertung gefeuert. Ich wurde gefeuert, weil ich etwas Nettes über deinen kleinen Ferienort geschrieben habe und Bridget sich darüber aufgeregt hat, dass ich eine weitere glühende Fünf-Sterne-Bewertung abgegeben habe. Zweitens hatte Bridget nie die Absicht, dass das Resort eine positive Bewertung erhält. Sie hat mich zur Strafe dorthin geschickt, weil sie weiß, wie sehr ich die Kälte verabscheue. Sie hat gehofft, dass ihr Plan aufgeht und ich dir eine beschissene Bewertung schreibe."

Logan schwankt, er ballt seine Hände zu Fäusten, und ich überlege, ob ich meine Arme ausstrecken soll, damit er nicht stürzt. Aber das kostet zu viel Kraft, und er fängt sich wieder, bevor er stolpert.

Der Aufzug klingelt, als wir mein Ziel erreichen.

Logan bewegt sich nicht. Er steht da und starrt mich an, und ich gehe um ihn herum und verlasse den Aufzug.

Ich schaue nicht zu ihm zurück, um zu sehen, ob er mir folgt.

Es gibt kein Geräusch von klappernden Schuhen oder schwerem Atem, denn es ist offensichtlich, dass er wütend auf mich ist. Ich bin überrascht, dass er mich nicht in mein Zimmer gejagt hat, um zu streiten und mir zu sagen, dass alles meine Schuld ist.

Ich werfe ihm nicht vor, dass er mich hasst.

Ich hasse mich dafür, dass ich in Bridgets Falle getappt bin und sie für einen guten Menschen gehalten habe. Das war mein Fehler, dass ich die Zeichen nicht gesehen habe, das helle Neonlicht, das über mir blinkte und mich warnte, auszusteigen, solange ich noch meinen Stolz hatte.

Und solange ich noch eine Chance bei Logan hatte.

Ich gehe in mein Hotelzimmer, schließe die Tür und lege meine Handtasche auf einen nahegelegenen Tisch.

Mein Handy surrt in meiner Handtasche. Es ist eine SMS.

Ich ignoriere es. Höchstwahrscheinlich ist es Schrott, etwas, das ich gar nicht sehen muss.

Ich ziehe meine schwarzen Absatzschuhe aus und öffne den Reißverschluss meines Kleides, weil ich nach diesem Tag etwas Bequemes tragen möchte.

Es kommt eine zweite SMS, oder vielleicht ist es die erste, die mich daran erinnert, dass ich es nicht überprüft habe.

Ein anderes Summen.

Nein, definitiv zwei Texte.

Seufzend hole ich mein Handy aus der Handtasche und starre auf die SMS. Offenbar muss Logan mich entsperrt haben. Zumindest lange genug, um zwei Nachrichten zu schicken.

Ich hasse dich.

Ich brauche keine SMS, um zu erfahren, was er fühlt.

Mir dreht sich der Magen um, als ich den zweiten Text lese.

Ich kann nicht aufhören, an dich zu denken. Scheiße, ich bin dabei, mich zu verlieben, und du machst mich kaputt.

Ich hole meinen Schlafanzug aus dem Gepäck und ziehe eine lange Flanellhose und ein langärmeliges Hemd an.

Ich sollte Logan nicht antworten. Er ist nicht bei klarem Verstand und ich bin mir sicher, dass alles, was ich sage, nur Öl ins Feuer gießen würde, das ohnehin schon wütet.

Aber mein Herz hört nicht auf, wie wild zu pochen, als er zugibt, dass er sich in mich verliebt hat. Ich verziehe mein Gesicht, greife nach meinem Handy und schreibe ihm zurück.

Du bist betrunken. Sag nichts, was du morgen bereuen könntest. Ich wünsche dir eine gute Nacht.

Ich erwarte nicht, dass er antwortet, und ich glaube auch nicht, dass wir uns morgen oder jemals wieder sehen werden. Es ist mehr als wahrscheinlich, dass er mich wieder als Kontakt blockieren wird, wenn er es nicht schon getan hat.

Mein Telefon klingelt erneut.

Wir müssen uns unterhalten. Zimmernummer?

Er klingt nüchtern, aber das liegt nur daran, dass es in einem Text keinen Ton gibt. Er schweift nicht ab und lallt nicht.

Ich überlege einen Moment, ob ich ihm meine Zimmernummer mitteilen soll. Ich sollte dieser kleinen Fantasie nicht nachgeben. Einer von uns, der sich versöhnt, und ich, der ihn in mein Bett bringt und seinen Namen bis in die frühen Morgenstunden stöhnt.

Ich tippe meine Zimmernummer und lösche sie dann schnell. *Wir reden weiter, wenn du nüchtern bist.* Ich klicke auf „Senden" und meine Finger tippen nervös auf den Bildschirm des Telefons, während ich auf seine Antwort warte.

Blödsinn. Zimmernummer?

Ich atme schwer aus. Das hätte ich eher erwartet. Er ist wütend auf mich. Ich verdiene seinen Zorn, aber ich werde nicht mit ihm kämpfen.

Ich ignoriere seine SMS.

Das hält ihn aber nicht davon ab, eine weitere zu schicken.

Ich werde an jede Tür im dreiunddreißigsten Stock klopfen. Ich kann alle wecken, oder du kannst mich reinlassen, damit wir reden können.

Fahr zur Hölle.

Ich sollte nicht so gemein sein. Er ist verletzt. Ich bin verletzt. Das ist ein Rezept für eine Katastrophe.

Am Ende des Flurs beginnt er mit der ersten Tür, die er erreicht, wenn er aus dem Aufzug steigt. Ich bin nur ein paar Zimmer weiter, aber er geht in die falsche Richtung.

„Cali, wir müssen reden!", sagt Logan und hämmert an die Tür.

Ich kann nicht hören, ob es eine Antwort gibt, aber ich kann mir vorstellen, dass ihm jemand sagt, dass es entweder das falsche Zimmer ist oder den Sicherheitsdienst rufen werden.

Er klopft weiter laut an die Türen und gibt nicht auf. Er wird aus dem Hotel rausgeworfen werden, und wahrscheinlich wird er mich dafür verantwortlich machen.

Zögernd öffne ich die Zimmertür und stecke meinen Kopf heraus. „Logan, ich bin hier hinten."

Er schnaubt und murmelt etwas zu einem Herrn, der ihm die Zimmertür geöffnet hat. Logan schlendert den Flur entlang, kommt auf mein Zimmer zu und bleibt vor der Tür stehen. „Darf ich reinkommen?"

Ich bin überrascht, dass er überhaupt danach fragt.

Er riecht nach Schnaps. Seine Augen sind glasig und rot, aber er steht noch.

Ich trete zur Seite und lasse ihn in das Hotelzimmer. Ich schließe die Tür hinter ihm und verschränke die Arme vor der Brust. „Jetzt, wo du das ganze Hotel geweckt hast, was willst du?", frage ich.

„Es war nicht das ganze Hotel", schießt er zurück. Sein Blick wandert über meinen Körper. „Du hast dich verändert."

„Ich gehe nicht in Stöckelschuhen und einem Kleid ins Bett." Ich stecke mein Handy ein, um es für den Morgen aufzuladen, als Logan näher kommt und mir jeden Zentimeter meines persönlichen Raums stiehlt und ihn für sich beansprucht.

„Das ist schade", knurrt er, und sein Blick ist so hungrig, als hätte er seit Monaten nichts mehr gegessen.

„Was willst du?", frage ich, und diesmal versuche ich, meinen Tonfall ruhig und höflich zu halten. Es hat keinen Sinn, den nächsten Weltkrieg zu beginnen, nur weil Bergmuffel seinen Willen nicht bekommt.

Er atmet schwer, sein Blick ist auf meine Lippen gerichtet.

Einen Moment lang möchte ich ihn zwingen, *Sie* zu sagen. Aber das geschieht nicht. Seine Augen verengen sich und zucken. „Ich hasse dich."

Mein Magen krampft sich zusammen und ich nehme meine Unterlippe zwischen die Zähne, beiße darauf und versuche, die Tränen zu unterdrücken. „Ich weiß", sage ich, als ob es nicht weh täte und es mir egal wäre. Aber das ist eine Lüge.

„Ich hasse es, wie ich mich bei dir fühle, als gäbe es ein klaffendes Loch in mir. Eine Leere, die du zurückgelassen hast. Dein Verrat erschüttert mich immer noch, und ich will weitermachen und vergessen, dass du je existiert hast."

„Warum bist du dann hier in meinem Zimmer?", frage ich.

„Weil du die beste Kanditatin für den Job bist."

Ich mache einen Schritt zurück und stoße gegen die Wand.

Gefangen.

„Was?", sage ich, unsicher, ob ich ihn richtig verstanden habe. Ich habe keine Chance, eingestellt zu werden, wenn er am Ende mein Chef ist. Er hasst mich. Ich habe ihn verletzt. Ich habe seine Firma zerstört, wie er es so wortgewandt ausdrückt, und jetzt plant er mich einzustellen. Nein. Er spielt Spielchen mit mir. Er versucht es mir heimzuzahlen.

„Ich hasse es, aber du bist die qualifizierteste und beste Vloggerin, die ich je gesehen habe. Deine Inhalte sind gut, auch wenn sie beschissen sind, sind sie trotzdem gut. Scheiße", knurrt Logan.

„Ich habe die negative Anzeige über deinen Urlaubsort nicht gemacht. Das musst du mir glauben."

„Ich glaube dir kein Wort." Logan drückt eine Hand gegen die Wand, um mich zu fesseln.

Ich atme scharf ein. Mein Herz klopft gegen meinen Brustkorb. Die Welt um mich herum verschwimmt, aber ich konzentriere mich auf den Mann vor mir mit seinen dunklen Augen, seinem hitzigen Blick und seinem Bart, der so nah ist, dass er meine Wange streift.

„Eine gute Arbeitsbeziehung erfordert Vertrauen und Kommunikation." Ich möchte, dass er erkennt, dass es die schlechteste Idee der Welt ist, mir den Job anzubieten.

Nein, das Schlimmste wäre, den Job anzunehmen.

Ich kann ihn immer noch abweisen und sagen, dass ich nicht für mürrische Milliardäre arbeite, die Resorts besitzen und in den Bergen leben.

Sein Blick weicht meinem aus. „Ich werde deine Nummer nicht sperren lassen, wenn du dir deswegen Sorgen machst."

„Ich werde mich bei dir melden", sage ich und sehe zu ihm auf.

„Gut. Jemand muss deinen Arsch im Zaum halten. Und alles, was du postest, muss zuerst zu mir geschickt werden."

Das ist nicht die schlechteste Voraussetzung. Wahrscheinlich stellt er mich ein, um sicherzustellen, dass ich nichts Negatives über das Resort poste, obwohl ich das ursprüngliche Video auch nie gepostet habe. Ich fahre mir mit der Hand durch die Haare und er packt meinen Arm und drückt ihn an die Wand.

„Sei nicht nervös. Es sei denn, du hast etwas zu verbergen, *Sonnenschein*."

Ich atme scharf ein. So hat er mich schon seit einiger Zeit nicht mehr genannt. Es fühlt sich nicht ganz so passend an, da die Wut an der Oberfläche brodelt. Es ist wie ein Katz-und-Maus-Spiel, und er ist bereit, zuzuschlagen.

Ich bin mir nur nicht sicher, ob ich gefressen oder geschändet werden soll.

„Wie ich schon sagte, das Video in dem VLog ist nicht von mir.

„Gut. Du sollst wissen, wenn du für mich arbeitest, und das wirst du", sagt er selbstbewusst, als hätte er die Papiere schon aufgesetzt und warte darauf, dass ich auf der gepunkteten Linie unterschreibe, werden alle Filme, Eigentum von Luxenberg-Enterprises. Alles ist für mich zugänglich, und du darfst nur mit einem Firmentelefon filmen.

Das klingt gar nicht so unvernünftig. „Alles, was ich filme, werde ich mit dem Firmentelefon machen", sage ich.

„Alles, was du filmst, gehört mir. Wenn du meine Tattoos, mein Gesicht oder einen Clip von mir beim Kaffeetrinken filmst, gehört das mir. Ich entscheide, was veröffentlicht und was gelöscht wird."

Ich atme zittrig aus.

Ist er unvernünftig?

„Ich habe nicht gesagt, dass ich die Stelle schon angenommen habe."

„Aber das wirst du", sagt Logan mit einer Selbstsicherheit, die mir weiche Knie verursacht. Sein Blick bleibt an meinem haften. Der Mann ist selbstgefällig. „Noch etwas", sagt er und lässt seinen

Griff um meinen Arm los, lässt mich frei, gibt mir aber keinen Raum, mich zu bewegen, ohne, das ich mich an ihm vorbei drängen muss.

Die Mauer scheint das Einzige zu sein, was mich im Moment aufhält.

„Im Vertrag wird festgelegt, dass du auf dem Grundstück wohnst, aber niemanden mit nach Hause bringen darfst."

„Wie bitte?"

„Du wirst dich auf deine Arbeit konzentrieren, Ms. Sinclair. Ich möchte nicht, dass du dem nächsten heißen jungen Arsch hinterherläufst, der dich interessiert. Dafür bezahle ich dich nicht."

Technisch gesehen zahlt er mir noch nichts.

„Ist das ein Problem?" Er starrt mich an, und die Luft weicht aus meinen Lungen, bevor ich antworten kann.

Wortlos schüttle ich den Kopf.

„Ich brauche eine mündliche Bestätigung, Ms. Sinclair."

„Das ist kein Problem", sage ich. Meine Stimme ist zittrig und unsicher. Verflucht sei er dafür, dass er die Macht hat, meine Knie weich wie Wackelpudding zu machen.

Ich räuspere mich und versuche, mich einigermaßen unter Kontrolle zu bringen.

„Aber ich habe die Stelle noch nicht angenommen, Mr. Henderson", sage ich mit der gleichen Förmlichkeit, die er anwendet. Aber nichts von dem, was wir tun, ist wirklich förmlich. Ich trage meinen Schlafanzug, und er hat mich an die Wand gepresst, sein Atem streichelt meine Haut.

„Du wärst nicht wegen des Jobs nach New York gekommen, wenn du nicht verzweifelt wärst."

Ich weigere mich, seine Anschuldigung anzuerkennen. „Du kannst mir von deinem Büro ein formelles Angebot zukommen lassen, und ich werde entscheiden, ob es in meinem Interesse ist."

Seine Oberlippe zuckt, dann brummelt er und beugt sich vor. Ich schwöre, er wird mich küssen. Ich halte den Atem an, und mein Blick fällt auf seine Lippen. Der Moment zieht sich hin und mein Körper kribbelt vor Erwartung. Die Hitze seines Mundes umspielt mich und bringt mich dazu, mich nach vorn zu beugen, bevor er sich zurückzieht und zur Tür geht.

Es wird kein weiteres Wort gesprochen.

Er verlässt das Hotelzimmer und ich schnappe nach Luft, während mein Herz rast und mein Körper zittert.

———

Es geht alles sehr schnell: der Brief mit dem Angebot, die Zusage und das Packen einer Tasche für meine Reise nach Breckenridge.

Ich hätte das Angebot nicht annehmen sollen, aber die Bezahlung ist außergewöhnlich, und die Lebenshaltungskosten sind sehr niedrig. Vor allem, wenn ich berücksichtige, dass ich im Resort wohne.

Obwohl ich nicht glaube, dass es eine dauerhafte Lösung ist, stellen sie mir kostenlos ein Zimmer zur Verfügung.

Logan und Levi bestehen darauf, dass ich gleich am Montagmorgen anfange. Ich habe genug Zeit, um Sachen für ein paar Wochen zu packen, und der Rest aus meiner Wohnung wird von einem professionellen Umzugsunternehmen auf Kosten von Luxenberg-Enterprises in Kisten verpackt.

Obwohl ich technisch gesehen nicht für Logan arbeite und er nicht derjenige ist, der meine Schecks unterschreibt, ist er derjenige, der sich um alle Abläufe meiner Arbeit kümmert. Es ist kompliziert und frustrierend. Und wieder mit ihm zu schlafen, kommt nicht in Frage.

Er hasst mich.

Verdammt, an manchen Tagen hasse ich mich selbst.

Julianna habe ich noch nicht gesehen. Tagsüber ist sie in der Schule, und ich weiß nicht, ob sie mir abends aus dem Weg geht oder einfach nicht in der Anlage ist.

Ich muss mich bei ihr entschuldigen, aber wenn sie so ist wie ihr Vater, wird sie mich ignorieren und mich weiter hassen.

Die Spannung ist groß, und ich verbringe so viel Zeit wie möglich in Logan's Nähe. Er hat sein eigenes Büro. Mein Büro befindet sich am Ende des Flurs. Unsere Büros sind nicht weit voneinander entfernt, aber ich verbringe einen großen Teil meiner Zeit damit, Fotos und Videos zu machen und verschiedene Inhalte zu erstellen, um das Resort zu verschönern.

Ich möchte mit Logan über die Aktualisierung der Webseite sprechen, nicht nur über die Profile in den sozialen Medien, aber ich bin mir nicht sicher, ob er für meine Ideen empfänglich sein wird.

Ich klopfe an seine offene Tür, und er blickt nicht einmal zu mir auf. „Ja?"

„Ich habe einige Aufnahmen, die ich dir zeigen möchte", sage ich.

Schließlich blickt er auf und gibt mir mit einer Geste zu verstehen, dass ich mich ihm gegenüber setzen soll.

Auf seinem Gesicht ist kein Lächeln zu erkennen. Seine dunklen Augen sehen müde aus. Der Mann sieht aus, als hätte er seit jener Nacht in New York nicht mehr geschlafen. Möglicherweise sogar schon länger.

Ich zeige ihm, wie er auf die in der Cloud gespeicherten Videos zugreifen kann, wo er neben allen Originaldateien auch die kreativen Inhalte sehen kann. Alles, was auf dem Telefon gespeichert wird, wird automatisch in die Cloud kopiert.

Sein Gesichtsausdruck ist gelassen. Ich bin mir nicht sicher, ob er es hasst oder nur mich hasst. Wenn es ihm gefallen würde, könnte er es mir sagen.

„Ist das alles, was du getan hast?", fragt Logan.

Ich sehe ihn mit großen Augen an und richte meinen Rücken auf. „Nein, Mr. Henderson. Ich habe auch Fotos gemacht und eine Modellversion einer neuen Webseite erstellt, die meiner Meinung nach nützlich sein könnte. Wir können E-Mail-Adressen sammeln und den Gästen einen Gutschein für die erste Nacht anbieten, wenn sie länger als drei Nächte bleiben."

Langsam nickt er, als ob er die Idee vielleicht doch nicht so schlecht fände.

„Was noch?"

Ich atme nervös ein. „Ich habe zwar ohne deine Zustimmung nichts auf unseren Social-Media-Konten gepostet, aber ich habe dafür gesorgt, dass sie mit den entsprechenden Kontaktinformationen aktualisiert wurden."

„Und das war nicht der Fall?"

„Jemand hatte auf allen Seiten die falsche Telefonnummer und Adresse angegeben", sage ich.

Logan runzelt die Stirn und ruft zuerst den Twitter-Account auf, um sicherzugehen, dass ich nicht alles vermasselt habe.

Warum kann er mir nicht glauben?

Wenn er sich vergewissert hat, dass die Informationen korrekt sind, überprüft er jedes einzelne Konto, in dem Blue-Sky-Resort in den sozialen Medien vertreten ist.

„Wunderbar", murmelt er, aber er klingt nicht im Geringsten glücklich. „Was noch?"

„Ich habe ein paar Muster-Videos, die ich gemacht habe und die bereit sind, gepostet zu werden, zusammen mit ein paar Spielen und Werbegeschenken, um unser Konto wachsen zu lassen." Ich zeige ihm, wo die Informationen zu finden sind, und er sieht sie sich an, bevor er zu mir zurückschaut. „Hast du sonst noch Wünsche?", frage ich.

„Abgesehen davon, dass ich Bridget dazu bringe, den vernichtenden VLog-Beitrag über *Urlauber-Paradies* zu entfernen?"

Es scheint, als wolle er mir das bis in alle Ewigkeit vorhalten. Obwohl ich noch nicht so lange hier arbeite, habe ich noch Zeit, mich zu bewähren.

„Ich kann sie anrufen und mit ihr reden?" Ich biete es an, auch wenn ich nicht glaube, dass sie mit mir reden will. Sie hat mich gefeuert.

„Nein, meine Anwälte sind schon dran", sagt Logan. Endlich begegnet er meinem Blick. „Du hast viel getan, aber wir haben keinen Anstieg der Reservierungen oder Buchungen gesehen."

„Es dauert seine Zeit, bis unsere Marketingmaßnahmen greifen, Mr. Henderson", sage ich und versuche, so professionell wie möglich zu bleiben. „Und ich brauche deine Zustimmung, um mit der Veröffentlichung von Inhalten zu beginnen, die hoffentlich zu dem von dir erhofften Anstieg führen werden. Ich könnte auch vorschlagen, dass wir Kampagnenanzeigen schalten."

„Wahlwerbung?"

„Cost-per-Click-Kampagnen mit Webseiten wie Google und Facebook. Wir könnten sogar versuchen, eine Videoanzeige in einer der Streaming-Apps zu schalten.

Sein Blick verschärft sich. „Sie haben alle Möglichkeiten, mein Geld auszugeben, Ms. Sinclair. Wie wäre es, wenn wir uns neue Einnahmequellen einfallen lassen, die mich nicht einen Arm und ein Bein kosten?"

Das ist es, was ich getan habe. Nicht, dass er es sieht. „Natürlich werde ich nachforschen und mich wieder bei dir melden", sage ich und versuche zu verschwinden, bevor er die Beherrschung verliert. Ich kann spüren, wie sich seine Wut und der Hass an mir entladen.

Ich bin erleichtert, als er mich aus seinem Büro entlässt und ich zurück an meinen Schreibtisch huschen kann, um seinem Zorn zu entgehen.

Was ich nicht erwartet habe, ist Wyatt in meinem Büro an meinem Schreibtisch sitzen zu sehen.

„Kann ich dir helfen?", frage ich und schaue zu ihm hinüber.

Er hat sich ausgestreckt, die Füße auf meinem Schreibtisch, die Arme hinter dem Kopf. „Ich verstecke mich nur vor dem Boss", scherzt Wyatt.

„Kannst du das auch woanders machen?"

Wyatt bewegt sich von meinem Stuhl hinter dem Schreibtisch weg, verlässt aber mein Büro nicht. „Das ist der einzige Zufluchtsort vor Logan."

Wovon redet er? Ich runzle die Stirn, schüttle den Kopf und warte darauf, dass er es erklärt.

„Logan kann es nicht ertragen, in deiner Nähe zu sein. Er wird nicht wahllos in deinem Büro auftauchen. Das heißt, ich kann mich zwei Minuten lang entspannen, ohne dass er mir an die Gurgel springt."

„Ist es das, was du tust? Chillen?" frage ich. Ich gehe zu dem Stuhl, auf dem er eben noch gesessen hat, und setze mich hinter den Schreibtisch. Anders als Wyatt lege ich meine Füße nicht auf den Schreibtisch, und ich mache auch kein Nickerchen oder was auch immer er vorhatte, bevor ich ihn erwischte.

„Arbeit meiden. Chillen. Das ist das Gleiche", sagt Wyatt. Er ist still und starrt mich an, während er sich auf das nahe Sofa an der Wand plumpsen lässt. „Wie hat Logan dich überredet, zurückzukommen und für ihn zu arbeiten?"

„Hat er es dir nicht gesagt?", frage ich, während meine Finger über die Tasten der Tastatur streichen.

„Dieser Mann ist ein Miesepeter, seit du weg bist. Er redet kaum mit jemandem über irgendetwas. Es sei denn, er wirft mit Befehlen und Kommandos um sich, als wäre er wieder im Dienst."

„Ich wusste nicht, dass er beim Militär war."

„Er redet nicht viel darüber", sagt Wyatt.

„Wenn du mich fragst, bin ich froh, dass du zurück bist. Auch, wenn du die Königin des Verrats bist."

Ich ziehe eine Grimasse. „Hat Logan das gesagt?", frage ich. Habe ich diesen Spitznamen geerbt, als ich das erste Mal wegging?

„Das ist ziemlich offensichtlich. Ich bin mir nicht sicher, warum du so verrückt bist, hierher zurückzukommen, wenn du denkst, dass dieser Ort wie ein Scheißladen geführt wird und es nicht wert ist, dass irgendjemand hier übernachtet."

„Ich habe diese schrecklichen Dinge nicht in dem Video geschrieben", sage ich.

Wyatts Blick strafft sich. „Wer war es?"

„Bridget Lancaster, meine ehemalige Chefin."

Er streicht über sein Kinn und nickt langsam. „Lass mich raten, du hast gekündigt, nachdem sie dein

Video verändert und in ihren sozialen Medien gepostet hat?"

„Ich wurde gefeuert, als sie sah, dass ich dem Resort fünf Sterne gegeben hatte."

Seine Stirn zieht sich zusammen. „Ich verstehe das nicht."

„Ja, ich auch nicht. Anscheinend hat Bridget mich zur Strafe in die Berge geschickt und erwartete eine vernichtende Kritik. Als ich nicht geliefert habe, hat sie mich gefeuert und die Arbeit selbst beendet."

Wyatt presst die Lippen zusammen, holt sein Handy aus der Tasche, öffnet TikTok und sucht nach *Urlauber-Paradies*. Er stößt einen Pfiff aus, als er ein Video nach dem anderen mit negativen Bewertungen zu einer Vielzahl von Orten sieht.

„Wir sollten diese Schlampe zu Fall bringen", sagt Wyatt.

„Ich bin mir ziemlich sicher, dass dein Bruder seinen Anwalt bereits auf diesen Fall angesetzt hat."

„Nein, so wie Bridget ausgeschaltet werden muss", wiederholt Wyatt. „Du verstehst nicht, diese Frau war von Anfang an eine Bedrohung. Sie ist mit seiner Ex-Frau befreundet. Es gibt eine lange Geschichte zwischen ihnen."

„Uralte Geschichte", sagt Logan, als er vorbeikommt und einen Teil des Gesprächs mitbekommt. „Warum reden wir über Bridget?"

„Hast du gesehen, was sie mit anderen Resorts angestellt hat?" Wyatt springt vom Sofa auf und drückt Logan sein Handy in die Hand. „Die Frau ist eine Bedrohung. Vielleicht können wir eine Sammelklage anstrengen ..."

„Halt die Klappe!", knurrt Logan seinen Bruder an. „Wir wollen nichts erzwingen. Es ist besser, wenn Bridget sich in blöden Videos vergräbt, die niemand anschaut. Lass es gut sein."

„Das können wir nicht", sagt Wyatt, der sich nicht davon abhalten lässt, es loszulassen. „Hast du gesehen, wie viele Aufrufe ihr Account hat? Anscheinend wird man durch Gemeinheit zum Virus."

„Das ist mir egal. Kein Wort mehr über *sie*", faucht Logan. Wenigstens richtet sich seine Wut nicht mehr gegen mich, sondern gegen die Frau, für die ich früher gearbeitet habe. Eine Frau aus seiner Vergangenheit.

———

Ich schwöre, dass Logan mich den Rest der Woche meidet, es sei denn, wir besprechen geschäftliche Dinge wie den Inhalt eines Beitrags. Er gibt mir seine

Zustimmung, ohne ein Lächeln oder einen Hauch von Freude an dem, was er tut.

Er ist der Meister aller Miesepeter, und ich schleiche ständig auf Zehenspitzen um den Mann herum, was verdammt nervig ist.

Warum habe ich mir das angetan? Warum habe ich zugestimmt, unter einem Mann zu arbeiten, der mich hasst?

Es gab andere Möglichkeiten, mich zu bestrafen, ohne dass Bergmuffel dabei war. Mir geht sein hitziger Blick nicht aus dem Kopf, als er mit mir im Hotelzimmer war.

Ich hätte ihn küssen sollen. Unsere Lippen waren so nah, dass ich seine Berührung praktisch spüren konnte.

Vielleicht hätte ich dann sein Herz aus Eis erwärmen können.

Um fünf Uhr habe ich Feierabend, verlasse das Resort und nehme den örtlichen Shuttlebus, der die Gäste vom Resort zum Einkaufsviertel und zurück bringt.

Mir schwirrt der Kopf, und mein Magen ist aufgebläht, als würde ich gleich platzen. Ich mache mich auf den Weg zum nächsten Drogeriemarkt, denn wenn ich nachrechne, hätte ich meine Periode schon vor vier

Wochen bekommen müssen, und ich bin mehr als nur spät dran.

Ich bin am Arsch.

Ich kann nicht schwanger sein.

Im Geschenkeladen des Resorts gab es Schwangerschaftstests, aber ich will nicht riskieren, dass jemand, mit dem ich zusammenarbeite, mich beim Kauf des Tests sieht.

Und wenn ich schwanger bin, was dann?

Es gibt nur einen Mann, mit dem ich in den letzten zwei Monaten geschlafen habe: Logan Henderson. Wenn ich schwanger bin, ist es zweifellos sein Kind.

Ich kann meine Gedanken nicht über dieses Szenario hinausschweifen lassen. Es ist erschreckend. Ekelerregend. Ich möchte mich aus dem fahrenden Bus stürzen und würde lieber vom Verkehr überfahren werden, als mich der Tatsache zu stellen, dass der Mann, der jetzt mein Chef ist, auch der Vater meines ungeborenen Kindes sein könnte.

Nun, er schreibt nicht meine Gehaltsschecks aus, aber ich muss ihm über meine Arbeit berichten.

Das ist sehr verwirrend.

Nachdem ich zwanzig Minuten aus der Stadt herausgefahren bin, komme ich in das Einkaufsviertel. Dort gibt es eine Reihe von kleinen Einzelhandelsgeschäften, eine Drogerie und ein Lebensmittelgeschäft.

Ich gehe in die Drogerie, und nehme den ersten Test aus dem Regal, der verspricht am genauesten zu sein, und bringe ihn zur Kassiererin.

Während sie meinen Einkauf abrechnet, stellen sich Julianna und ihre Freundin mit einer Handvoll zuckerhaltiger Süßigkeiten, Schokolade und Glasflaschen mit aromatisierter Limonade hinter mir an.

„Hi, Jules", sage ich und hoffe, dass die Kassiererin den Schwangerschaftstest in die Tüte schieben kann, bevor der Teenager merkt, was ich kaufe. „Es tut mir leid, wegen ..."

Sie unterbricht mich, bevor ich fortfahren kann.

„Mach dir keine Sorgen", sagt sie beiläufig. Ihr Blick fällt auf den Tresen, und sie wirft einen neugierigen Blick darauf. „Du warst fleißig."

Ich will sie schon anschnauzen, dass sie mich nicht verurteilen soll und es sich um ihr Halbgeschwisterchen handeln könnte, als die

Verkäuferin mir den Gesamtbetrag nennt und mich fragt, wie ich bezahlen möchte.

Ich hole meine Kreditkarte aus der Handtasche und tippe auf das Kartenlesegerät, weil ich will, dass der Albtraum endlich vorbei ist.

Aber das ist erst der Anfang.

Obwohl ich den Test noch nicht gemacht habe, bin ich nie zu spät. Ich bin immer pünktlich, und das flaue Gefühl in meinem Magen und die Übelkeit, die mich jeden Morgen überkommt, sind nicht nur darauf zurückzuführen, dass ich mich jeden Tag Logan stellen muss.

Ich kenne das Ergebnis schon, und ich habe noch nicht einmal auf den Test gepinkelt.

13

LOGAN

JULIANNA KOMMT mit Izzie auf den Fersen in mein Büro gerannt. Sie schließen die Tür und zeigen damit an, dass sie mit mir allein sein wollen. „Ist alles in Ordnung?", frage ich.

Izzie starrt Julianna an und wartet darauf, dass sie spricht.

Meine Tochter hat eine wiederverwendbare Einkaufstasche über der Schulter hängen.

„Ist im Laden etwas passiert?", frage ich. Ich kann nicht anders, als mir Sorgen zu machen, und ich balle meine Hände zu Fäusten, während ich aufstehe.

„Ja, aber Izzie und mir geht es gut", sagt Julianna schnell und weist meine Sorge zurück. „Es ist Cali."

„Was ist mit Cali?" Ich bin mir nicht sicher, ob ich das wissen will, aber wenn ihr etwas zugestoßen ist, sie ist meine beste Mitarbeiterin. Nicht, dass ich das laut zugeben würde.

„Wir haben sie beim Kauf eines Schwangerschaftstests in der Drogerie erwischt", sagt Julianna.

„Du hast?" Es sollte mir egal sein. Es ist nicht wichtig. Cali und ich sind seit vor Weihnachten nicht mehr zusammen gewesen. Meine Augen weiten sich, und ich atme schwer ein und aus. „Hat sie etwas gesagt?", frage ich.

Mit wem zum Teufel trifft sie sich?

Oder ist es irgendein Typ, mit dem sie geschlafen hat?

Ich zucke zusammen. Ist es das, was ich für sie bin? Nur ein weiterer beliebiger Kerl in ihrer langen Reihe von Männern, mit denen sie gerne spielt und sie benutzt?

„Nicht ein Wort. Aber es war ziemlich offensichtlich, dass es ihr peinlich war. Und ich meine, Dad, du verkaufst diese Tests doch bestimmt im Geschenkeladen. Sie hätte nicht den ganzen Weg in die Stadt fahren müssen."

Es sei denn, sie wollte nicht, dass jemand, mit dem sie zusammenarbeitet, erfährt, dass sie schwanger ist.

„Hör zu, was auch immer mit Cali los ist, das ist ihre Sache. Wir diskutieren das nicht. Okay?"

„Du meinst, wir sprechen nicht vor ihr darüber", sagt Julianna. „Richtig?"

„Nein, wir reden überhaupt nicht darüber", stelle ich klar. Warum findet meine Tochter es in Ordnung, über Cali zu reden und darüber, ob sie schwanger ist oder nicht? „Sie ist meine Angestellte. Jedes weitere Gespräch wäre höchst unangebracht."

„Richtig. Ich kann sie also nicht fragen, ob das Ergebnis positiv ist?"

Das meint sie nicht ernst. „Du machst Witze, oder?" Ich kann den Sinn für Humor meiner Tochter im Moment nicht ertragen. Der Gedanke, dass ein anderer Mann Cali berührt, sie gefickt hat, bereitet mir Bauchschmerzen. Kein Mann sollte auch nur in ihrer Nähe sein.

„Verstanden. Dieses Thema ist tabu. Übrigens, ich bin froh, dass Cali wieder da ist, auch wenn du immer noch ein alter Griesgram bist!" Sie packt Izzie am Arm und zerrt ihre Freundin aus meinem Büro. Ich bin erleichtert, als ich allein bin und mich nicht mit den beiden Teenagern herumschlagen muss. Auch wenn ich Juliannas Vorschlag von vorhin durchaus ernst nehme.

Sie wünscht sich zwar eine Spielhalle, aber ich bin nicht daran interessiert, Dutzende Jugendliche zu beaufsichtigen. Ich bin jedoch bereit, Geld auszugeben und ein privates Spielzimmer für Julianna und ihre Freunde einzurichten. Aber ich habe nicht vor, es ihr zu sagen, bis der Raum fertig ist und ich sie damit überraschen kann.

Ich mache Feierabend, schließe mein Büro und mache mich auf den Weg zum Resort, um nach dem Personal und unseren Gästen zu sehen. Ich könnte nach oben gehen und mich vor dem Fernseher entspannen, aber ich kann nicht stillsitzen.

Nicht mit der Nachricht, dass Cali schwanger sein könnte.

Ich war nicht gerade nachsichtig mit ihr, seit sie hierhergezogen ist, aber sie ist noch nicht lange genug in Breckenridge, um schwanger zu werden. Zumindest nicht so weit, dass die Schwangerschaft ein positives Ergebnis bringen würde.

Was bedeutet das für mich?

Wenn sie schwanger ist, dann muss es von jemandem aus Los Angeles sein. Wird sie bei der erst besten Gelegenheit abreisen wollen?

Ich nehme mein Telefon und rufe Levi an. Darüber kann ich nicht mit Wyatt sprechen. Er würde überglücklich sein und mir wahrscheinlich sagen, dass ich ihr helfen soll. Nein, danke. Wir beide können kaum zusammen in einem Raum sein.

„Ich hoffe, dass es wichtig ist", antwortet Levi.

„Julianna hat Cali beim Kauf eines Schwangerschaftstests erwischt." Ist das wichtig genug für ihn, um ihn für fünf Minuten aus seinem perfekten Leben zu reißen?

„Oh, Scheiße. Warte mal kurz." Er hält den Hörer zu, wahrscheinlich sagt er Clare, dass er diesen Anruf annehmen muss. Es raschelt und bewegt sich, dann ist es still am anderen Ende. „Ich bin wieder da. Bist du sicher, dass der Test für sie selbst ist?"

„Cali hat nicht gerade viele Freunde in Breckenridge", sage ich. Sie ist noch nicht lange genug hier, um Freunde zu finden, zumindest soweit ich das mitbekommen habe.

„Es ist also ein Typ von zu Hause."

„Wahrscheinlich", murmle ich und lasse mich in einen bequemen Sessel im Resort fallen. Der Ort ist wenig besucht, obwohl ein paar Gäste an einem Tisch sitzen, bin ich weit genug entfernt, dass niemand mein Gespräch hört.

Ich sollte mich in mein Büro zurückziehen, aber ich möchte mich im Moment nicht so eingeengt fühlen. Der Raum ist erdrückend nach der Bombe, die meine Tochter hat steigen lassen. Aber zum Glück ist Julianna nicht schwanger. Eine solche Nachricht würde ich nicht verkraften.

Das hat keine Auswirkungen auf mich. Abgesehen davon, dass ich eine gute Angestellte verlieren könnte. Nicht, dass ich besonders nett oder nachsichtig mit ihr gewesen wäre. Sie hat keinen Grund, in der Stadt zu bleiben, obwohl der Job vernünftig bezahlt wird, bin ich sicher, dass der Vater sich um sie und das Kind kümmern wird.

Sie wird wahrscheinlich nie wieder in ihrem Leben arbeiten müssen.

„Hast du nicht mit ihr geschlafen?", fragt Levi.

„Das ist schon lange her", sage ich.

„Genau." Levi geht nicht weiter darauf ein, und ich bin froh darüber, denn es ist auf keinen Fall mein Kind. Ich habe ein Kondom benutzt, und das ist schon Wochen her. So lange, dass sie es eigentlich schon hätte merken müssen. Ich fahre mir mit der Hand durch die Haare, diese Gedanken sind mir unangenehm.

„Was ist das Problem?", fragt Levi. „Hast du Angst, dass sie den neuen Job hinschmeißt? Wir können jemand anderen finden. Ich weiß, dass du mit ihrer Arbeit zufrieden bist, aber es gibt noch andere talentierte Schöpfer da draußen."

„Ich kann nicht glauben, dass sie mit einem anderen geschlafen hat", knurre ich. Meine Finger graben sich in die Armlehne, kratzen über das Leder.

„Als ich sie kennenlernte, kam es mir so vor, als wärt ihr beide ziemlich zerstritten."

„Das hilft nicht", schimpfe ich.

„Hast du mir nicht gesagt, dass du ihre Nummer gesperrt hast und du den Brief, den sie geschickt hat, zurückgeschickt hast, ohne den Umschlag zu öffnen?"

Warum muss er sich an jede Kleinigkeit erinnern? „Das tut nichts zur Sache."

„Ist es das?", fragt Levi. „Was hast du von ihr erwartet? Sie wollte sich bei dir entschuldigen, sie hatte dich angerufen, eine SMS geschrieben und dir einen Brief per Post geschickt. Du hast alles abgelehnt."

„Sie hätte hierhergekommen können, um mich zu sehen und mir alles zu erklären." Ich atme schwer aus und lehne mich vor. Ich muss mich zusammenreißen, oder die Leute werden mich ansehen und sich fragen, was zum Teufel los ist.

„Ist es das, was du wolltest? Hättest du überhaupt mit ihr gesprochen?", fragt Levi.

Er hat recht. Ich hätte sie wahrscheinlich weggeschickt, aber sie hat nicht einmal versucht, mich zu besuchen. „Vielleicht hätte ich das", sage ich.

„Schwachsinn. Du hättest sie nach Hause geschickt, und ich kenne Mädchen wie Cali. Sie können es sich kein Flugticket leisten, vor allem nicht, wenn sie gerade von ihrer vorherigen Arbeitsstelle gefeuert wurden."

„Scheiße", knurre ich und hasse es, dass Levi recht hat.

„Du hast zwei Möglichkeiten. Behandele sie wie einen Profi und lass sie ihr Leben so leben, wie sie es will, oder steigere dich und biete ihr an, für sie da zu sein, ohne Bedingungen zu stellen. Du könntest sie überraschen."

Genau das ist das Problem. Cali hat immer eine Art, mich zu überraschen, und das hinterlässt bei mir normalerweise ein Gefühl von Atemlosigkeit und Unbehagen. „Du schlägst vor, dass ich ein Vater für ihr Kind werde?" Ich kann es nicht glauben, Levi. Er ist plötzlich in die Rolle des Vaters geschlüpft und nimmt sie sehr ernst.

„Nein, sei einfach unterstützen. Wenn der Vater nicht einspringt und sich einbringt, wird sie Hilfe brauchen. Vor allem, wenn sie in Breckenridge bleibt. Sie kennt doch niemanden, oder?"

Ich stöhne leise vor mich hin. „Ich bin dreiundvierzig, Levi. Ich habe die Nase voll von Windeln und schlaflosen Nächten mit Neugeborenen. Das habe ich alles schon durchgemacht, als ich Julianna bekommen habe."

„Niemand sagt, dass du für das Kind den Vater spielen musst. Aber Cali könnte einen Freund brauchen, und ich weiß, dass du noch Gefühle für sie hast."

Warum glaubt er, dass er mich so gut kennt? „Das tue ich nicht." Das ist eine Lüge. Ich will keine Gefühle für Cali haben, aber sie scheinen nicht einfach zu verschwinden, weil ich will, dass sie verschwinden.

Warum ist das so?

Warum hat sie es geschafft, mich so zu reizen, dass ich mich nach ihrem Körper sehne, als gehöre er mir? So habe ich noch nie für jemanden empfunden, nicht einmal für meine Ex-Frau Jess.

„Du redest dir das nur ein", sagt Levi. „Clare und ich hatten nicht immer eine perfekte Beziehung. Wir hatten unsere eigenen Probleme zu überwinden. Betrachte das hier einfach als einen Test. Wenn ihr beide überlebt und euch nicht gegenseitig umbringt, werdet ihr vielleicht gemeinsam stärker werden."

Ich grummele vor mich hin. „Ich habe nicht angerufen, um Ratschläge für die Liebe zu bekommen. Ich bin mir sicher, dass wir uns gegenseitig umbringen werden, lange bevor wir uns jemals verlieben können."

„Das klingt nach einer großen Tragödie", sagt Levi. „Du solltest wirklich mehr ausgehen. Habt Sex. Wenn Cali nicht die Richtige ist, such dir eine, die es ist, und bleib professionell mit ihr. Hör zu, ich muss los. Amelia hat mich gefunden und klettert auf mir herum wie auf einem Klettergerüst und Clare scheint verschwunden zu sein."

„Klingt gut."

„Halte mich auf dem Laufenden", sagt Levi.

Ich lege den Anruf auf und schaue zurück zu dem fröhlichen Tisch mit den Gästen in der Lounge. Was als Plauderei begann, hat sich zu einem freundschaftlichen Kartenspiel entwickelt.

Ich gehe an dem älteren Herrn, wahrscheinlich Mitte sechzig, vorbei, der mir zuwinkt. „Wollen Sie sich zu uns setzen?", bietet er an.

„Nein, aber danke." Ich denke darüber nach, mich an den Tisch zu setzen und sie zu fragen, was ihnen an der Anlage gefällt und was nicht, um ein ehrliches und echtes Feedback zu bekommen. Aber ich glaube nicht, dass ich noch mehr schlechte Nachrichten verkraften könnte.

Da Cali schwanger ist, möchte ich meinen Kopf gegen eine Wand schlagen. Ich gehe die Treppe hinauf zum Fitnessraum.

Ich muss mich austoben und ein paar Kilometer auf dem Laufband laufen. Das ist besser als draußen zu joggen, wo es eiskalt ist und der Wetterbericht für die Nacht Schnee voraussagt.

Aber die ganze Zeit, in der ich laufe, kann ich nur an Cali denken. An ihr Lächeln. Ihr Lachen. Das Zucken der Nase, wenn sie sich über mich aufregt, bevor sie um sich schlägt.

Ich laufe schneller, aber sie ist immer noch in meinem Kopf, und als ich mit dem Training fertig bin, gehe ich nach oben unter die kalte Dusche. Das eiskalte Wasser ist grausam und lässt meinen Körper nur noch mehr schmerzen. Ich drehe das Wasser heiß und stelle mir vor, wie Calis Mund sich einen Weg zu meinem Schwanz bahnt.

Ich will nicht über sie fantasieren, aber ich kann mich nicht davon abhalten, daran zu denken, wie es wäre, in ihren frechen kleinen Mund zu stoßen. Ich streichle meinen Schaft und wünsche mir, dass es ihre Lippen und ihre Zunge sind, die jeden Zentimeter einnehmen, während ich sie zum Schweigen bringe.

Je länger ich es aushalte, desto mehr wünsche ich mir, sie hier in der Dusche zu haben, zwischen mir und der Wand eingeklemmt. Nachdem sie mich in den Mund genommen hat, würde ich sie in der Dusche nehmen, gegen die kalten Kacheln drücken und zusehen, wie ihre Nippel hart werden. Ich würde an jedem Hügel saugen und sie ficken, bis sie meinen Namen schreit. Und erst dann würde ich sie kommen lassen.

Aber das ist alles, was ich von Cali bekomme, eine Fantasie, die ich mir ausdenke.

Ich dusche mich ab, trockne mich ab und ziehe mir eine Cargo-Hose und ein T-Shirt an. Ich kann nicht in meinen Boxershorts durch die Hütte laufen und bin zu müde, um mir die Mühe zu machen, etwas Professionelleres anzuziehen. Außerdem ist dies ein Resort und kein Palast.

Als ich aus dem Schlafzimmer trete, sehe ich, dass Cali auf meinem Sofa sitzt und die Füße unter sich angezogen hat. „Wie bist du reingekommen?", frage ich und bin überrascht, sie zu sehen.

„Jules hat mich reingelassen. Ich habe ihr gesagt, dass ich mit dir reden muss. Ich war etwas überrascht, dass sie nicht sagte, ich solle zur Hölle fahren."

Ich auch. Ich schaue sie an. Ich kann nicht erkennen, dass sie schwanger ist, aber ich kann mir auch nicht vorstellen, warum sie sonst heute Abend hier oben sein sollte. „Geht es um die Arbeit?" Ich vermute es. Wahrscheinlich braucht sie mehr Freizeit und natürlich Mutterschaftsurlaub.

„Hm, nicht wirklich", sagt Cali. Sie stößt einen schweren Seufzer aus und tätschelt sanft das Sofa neben sich. Sie möchte, dass ich komme und mich setze.

„Ich weiß bereits, dass du schwanger bist", sage ich. „Wie lange hast du gewartet, bevor du nach mir mit jemand anderem geschlafen hast? War ich nur ein leerer Fick? Ein Platzhalter, bis du den nächsten Kerl getroffen hast, den du vögeln wolltest?" Ich sollte nicht so gefühllos sein, aber die Worte sprudeln schneller heraus, als ich es beabsichtige.

Sie zieht die Stirn in Falten, und ihre Lippen öffnen sich. Diese perfekten, rubinroten Lippen, die ich mir vorstellte, wie sie meinen Schwanz lutschen, werden niemals auch nur in die Nähe davon kommen, wenn es nach ihr ginge. Ich habe jede Chance zerstört, dass wir beide mehr als nur Freunde sein könnten.

Es war nicht so, dass ich sie verletzen wollte, aber durch unser Gezänk und den Schmerz, den ich nicht auslöschen kann, ist das aus uns geworden.

Cali stößt einen schweren Seufzer aus. „Julianna hat dir erzählt, dass sie mich heute im Laden gesehen hat."

„Ja." Es hat keinen Sinn, sie zu belügen. „Ich nehme an, der Test ist positiv ausgefallen."

Sie lacht düster vor sich hin. „Oh, ich bin schwanger, und falls du es noch nicht gemerkt hast, das Kind ist von dir." Sie betrachtet mich mit großen Augen.

Ich schwöre, dass mir die Luft wegbleibt. Ich schüttle den Kopf und verweigere das einzige Gefühl, das real zu sein scheint. Der Raum dreht sich, und ich sinke in das Sofa, sodass ein zusätzliches Kissen zwischen uns liegt.

„Meins?" Meine Stimme ist nur noch ein Quieken und ich ziehe eine Grimasse bei meiner Verunsicherung. „Bist du sicher?"

„Hundertprozentig. Aber wenn ich einen Termin beim Arzt habe, um die Schwangerschaft zu bestätigen, können wir auch über die Vaterschaft sprechen, wenn du mir nicht glaubst."

Ich bin mir nicht sicher, was ich glauben soll. Der Raum dreht sich, und ich atme mehrmals tief ein und aus, um mich zu konzentrieren.

„Ich bin der Vater?" Das ist der einzige Gedanke, den ich in dem Chaos, das sie mir vorwirft, zu fassen bekomme. „Bist du sicher, dass es keinen anderen gibt? Wir haben vor Monaten miteinander geschlafen."

„Zwei Monate", sagt Cali. „Und zwischen dem Stress, gefeuert zu werden und umzuziehen, habe ich bis heute nicht einmal darüber nachgedacht, dass ich meine Periode nicht bekommen habe. Und nein, damit das klar ist: Mein Vibrator kann nicht plötzlich ein Mädchen schwängern. Du bist der einzige Kerl, mit dem ich zusammen war."

„Du hast nicht mit Wyatt geschlafen?" Nicht, dass ich wirklich dachte, sie hätte meinen Bruder gefickt, aber an dem Abend in der Bar, als sie mit ihm etwas getrunken hat, spüre ich immer noch das Brennen der Eifersucht.

„Ich vögele nicht mit jedem Mann, der mir einen Drink spendiert. Gib mir etwas Anerkennung."

Ich sollte mich entschuldigen, aber ich tue es nicht. Wir sind zu weit davon entfernt, die Dinge zwischen uns wieder in Ordnung zu bringen.

„Was hast du vor?", frage ich.

„Wirst du es behalten?" Cali starrt mich an, ihre Finger streifen über den Stoff ihrer Hose. Sie ist nervös, und das aus gutem Grund. Das ist für keinen von uns leicht. „Ja, und ich möchte in Breckenridge bleiben, vorausgesetzt, ich habe noch einen Job."

Ihre Bemerkung trifft mich tief. „Denkst du, ich würde dich feuern, nachdem ich dich geschwängert habe?"

„Na ja, wenn du es so ausdrückst", sagt Cali und zieht ihre Knie an die Brust, um die sie ihre Arme schlingt. Sie stützt ihr Kinn auf ihre Beine. „Ich hatte ehrlich gesagt keine Ahnung, wie du reagieren würdest."

Sie sieht so jung, verletzlich und zerrissen aus.

Und ich bin derjenige, der schuld ist. Niemand sonst hat sie verletzt. Das habe ich ganz allein getan. Nicht, dass sie unschuldig wäre, aber wenn das, was sie erzählt hat, die Wahrheit ist, war ich vielleicht etwas zu sehr Arsch mit ihr, als ich hätte sein müssen.

„Ihr Job wird nicht wegfallen. Wenn du in Mutterschaftsurlaub gehen musst, werden wir uns darum kümmern. Bis dahin haben wir noch eine Weile Zeit", sage ich und versichere ihr, dass ihr Job kein Problem ist.

„Gut", sagt sie, und ihre Schultern hängen herab. Sie sieht so klein und zerbrechlich aus.

Ich ziehe sie auf meinen Schoß, und sie atmet scharf ein, ihr Körper ist starr und steif.

„Entspann dich", raune ich ihr ins Ohr. „Ich werde nicht beißen."

Nach ein paar Sekunden scheint sie sich zu entspannen, zumindest ein wenig.

„Wir müssen dir einen Termin bei einem Gynäkologen verschaffen. Ich nehme an, dass du noch keinen Arzt in der Stadt hast."

Cali schüttelt leise den Kopf.

„Wir werden einen der besten Ärzte für dich finden. Ich bin sicher, dass sie auch die Schwangerschaft bestätigen werden", sage ich.

Wie groß ist die Wahrscheinlichkeit, dass es sich um ein falsches positives Ergebnis handelt?

Werde ich enttäuscht sein, wenn ich herausfinde, dass sie nicht schwanger ist und alles ein Irrtum ist?

Meine Hände wandern an ihren Armen auf und ab und versuchen, sie zu beruhigen. Sie zittert, und ich kann nicht sagen, ob es an mir liegt oder am Adrenalin, das durch das Erzählen der Neuigkeiten entsteht.

„Sprich mit mir", sage ich. „Sag mir, was du fühlst."

„Nervös. Verängstigt. Entsetzt." Ihr Blick ist nicht auf mich gerichtet, und ich greife nach ihrem Kinn, neige ihren Kopf und zwinge sie, mir in die Augen zu sehen. Ihre blauen Augen sind heller, klarer, aber voller Zweifel.

Ich möchte nicht, dass sie jemals diese Art von Zweifel an uns oder an mir hat. „Es tut mir leid", sage ich. „Ich weiß, dass ich mich dir gegenüber wie ein harter Hund verhalten habe." Ich ziehe sie fester an mich und lege meine Stirn an ihre.

„Es ist nicht deine Schuld."

Ich lache leise. „Das weiß ich zu schätzen, aber ich habe es weder dir noch uns leichter gemacht."

Sie streitet nicht mit mir. Dafür gibt es auch keinen Grund, denn sie muss wissen, dass ich recht habe. Cali bewegt sich leicht und legt ihren Kopf an meine Brust. Ich schlinge meine Arme um sie, um sie in meine Umarmung zu hüllen.

„Du bist mein Chef", flüstert sie gegen meine Brust. „Das scheint ein Problem zu sein." Cali gestikuliert auf ihren Bauch.

„Nur, wenn wir es zu einem Problem machen." Ich lege mein Kinn auf ihren Kopf. „Du bekommst ein Kind von mir." Ich atme aus und versuche, die Worte auf mich wirken zu lassen. Es fühlt sich unwirklich an.

„Wie auch immer, du arbeitest für Levi. Ich bin nur der Typ, dem du Bericht erstattest."

Sie gluckst und reibt sich die Augen.

Weint sie?

Mein Daumen streicht über ihre Wange und wischt die Reste der Tränen weg. „Ich verspreche, ich werde dir das Leben nicht zur Hölle machen."

„Das hast du schon gemacht", murmelt Cali. Sie reibt ihr Gesicht an meiner Brust. „Erinnerst du dich an die Nacht in New York?"

Ich versteife mich, als sie sich an das Gespräch erinnert und daran, dass ich am Abend betrunken war. „Was ist damit?"

Offensichtlich hatte ich noch nicht genug getrunken, um das Geschehene völlig zu vergessen und ihr nicht zu sagen, dass ich mich in sie verliebt hatte.

„Ich dachte wirklich, du würdest mich in meinem Hotelzimmer küssen."

Ihre Worte lassen mich entspannen. Ich dachte, sie würde die andere Sache erwähnen, die ich gesagt hatte. „Ich hätte dich küssen sollen, aber ich war betrunken und das wäre falsch gewesen.

„Du bist doch nicht betrunken, oder?", fragt Cali und hebt ihren Blick wieder auf meinen.

„Ich nicht", sage ich und starre auf ihre perfekten rubinroten Lippen. Sie betteln darum, dass ich sie vergewaltige. Aber meine Tochter ist mit ihrer Freundin nebenan im Zimmer. „Aber wir können doch nicht wie Teenager auf der Couch rummachen. Julianna ist zu Hause."

„Ich weiß, sie hat mich reingelassen", erinnert mich Cali.

„Was schlägst du vor, was sollen wir tun?" Ich möchte diese kleine Privatparty ins Schlafzimmer verlegen, aber ich möchte Cali nicht drängen. Es war ein anstrengender Tag, als ich erfuhr, dass sie schwanger ist und ich, dass ich wieder Vater werde.

Ich lehne meine Stirn an ihre und atme ihren Duft ein. Sie riecht nach Lavendel und Vanille. Es kostet mich all meine Willenskraft, nicht mit meiner Zunge über ihren Hals zu fahren und ihr Stöhnen zu hören, wenn ich sie errege.

Cali greift in meine Haare und streicht mit ihren Fingern über meine Kopfhaut. Ihre Berührung ist sinnlich und beruhigend und verleitet mich dazu, sie zu küssen.

Ich kann diese Scharade nur eine gewisse Zeit aufrechterhalten und so tun, als würde ich nicht jeden Zentimeter von ihr verschlingen wollen. Ich verliere schnell.

Mein Atem stockt, als sie sich leicht bewegt und sich näher an mich lehnt, wobei ihre Brüste meine Brust streifen. Ich knurre und presse meine Lippen fest auf ihre. Ich brauche sie, wie ich die Luft zum Atmen brauche.

Ihre Lippen öffnen sich und lassen mich eintreten, und ich nehme bereitwillig, was mir gewährt wird.

Sie gehört mir.

Der Kuss vertieft sich und meine Finger verheddern sich in ihren Haaren, ich ziehe sie fester, näher und noch fester an mich. So sehr ich sie auch auf der Couch ausziehen möchte, nur einen Raum weiter sind zwei Teenager.

Ich ziehe mich zurück und Cali wimmert aus Protest. Ich will nicht, dass sie denkt, dass der Kuss vorbei ist und ich irgendetwas davon bereue. In Sekundenschnelle hebe ich sie in meine Arme und trage sie in mein Schlafzimmer.

„Ich kann laufen", sagt sie, quietscht und klopft mir spielerisch auf den Arm.

„Du meinst, du bist diese Woche noch nicht über deine Füße gestolpert?"

Sie streckt mir ihre Zunge entgegen, und ich beuge mich vor und versuche, sie einzufangen. Unsere Zungen duellieren sich und als ich sie auf das Bett lege, klettere ich auf sie und spreize ihre Hüften.

Cali stöhnt und presst ihre Hüften gegen meine.

„Langsam, *Schätzchen*", sage ich. „Wir haben die ganze Nacht Zeit."

Meine Finger streifen den Saum ihres Hemdes, und ich ziehe es hoch über ihren Kopf, um ihr beim Ausziehen zu helfen. Sobald es abgelegt ist, stürze ich mich auf sie, mein Mund zieht eine Spur von warmen Küssen über ihre Brust, während ich meine Hände hinter ihren Rücken führe und ihren BH öffne.

Sie stößt einen leisen Seufzer aus, als der Stoff weggleitet und meine Lippen ihre Brust verschlingen. Während ich eine Brustwarze im Mund habe und an ihrem Fleisch sauge und küsse, streichelt meine andere Hand ihre samtige Haut.

Ihre Hände ziehen mein Hemd hoch und über meinen Kopf, es verheddert sich kurz, bevor ich meine Lippen von ihrer Brust löse, um mein Hemd und dann auch meine Hose abzulegen.

Meine Boxershorts und ihr Höschen sind die einzigen Kleidungsstücke, die wir beide tragen. Und ich habe fest vor, sie von dem Rest ihrer Unterwäsche zu befreien. Meine Lippen wandern zurück über ihren Bauch und ihre Finger verheddern sich in meinen Haaren, während ich meine leise Entschuldigung flüstere.

„Es tut mir so leid, dass ich dir die Schuld an dem gegeben habe, was passiert ist." Ich will mich nie wieder mit dir streiten.

„Ich auch nicht", flüstert sie, greift nach unten und zieht mich wieder zu sich heran. „Ich wollte mich entschuldigen. Ich habe es versucht, aber ich hätte es weiter versuchen sollen."

„Ich war dickköpfig. Ich glaube nicht, dass irgendetwas von dem, was du gesagt hast, durch diesen Dickschädel gegangen wäre." Ich zeige auf meinen Kopf.

„Da hast du nicht unrecht." Cali beugt sich vor, beißt auf meine Unterlippe und nimmt sie mit einem bösen Grinsen zwischen die Zähne.

Ich knurre sie an, als sie ihren Griff um meine Lippe löst. „Verdammt, Mädchen, hast du mich gerade gebissen?"

Sie zieht ihre Augenbrauen hoch. „Du hast meine Nummer blockiert, *Bergmuffel.*" Das Grinsen auf ihrem Gesicht zerreißt mir das Herz. Ich möchte derjenige sein, der sie glücklich macht, jeden Tag, für den Rest meines Lebens. Wird sie mir die Freude machen und mich für sie und unser Kind da sein lassen?

„Ich habe aus meinen Fehlern gelernt. Ich entschuldige mich", sage ich.

„Gut. Das will ich hoffen." Sie hat eine gewisse Frechheit an sich. Dieselbe Frechheit, die sich schon bei unserem ersten Treffen unten im Geschenkeladen zeigte.

Meine Lippen gleiten wieder an ihrem Körper hinunter, küssen eine verirrte Spur in Richtung Süden, und ich halte über ihrem Nabel inne, um mir mit einem gewaltigen Gefühl bewusst zu machen, was in ihr wächst.

Unser Kind.

„Egal was passiert, Cali, ich werde für dich und für unser Baby da sein." Sie muss wissen, dass ich sie nicht im Stich lasse oder unsere Differenzen dem im Wege stehen, was gerade passiert.

„Und wenn ich nicht schwanger bin und der Test falsch ist?" Ihre strahlend blauen Augen starren mich an. „Was passiert dann?"

„Ich werde nie aufhören, mich um dich zu kümmern",
sage ich. Ich bin noch nicht bereit, ihr zu gestehen,
dass meine Gefühle tiefer gehen als nur die Sorge um
sie. Das L-Wort fühlt sich im Moment zu schwer an,
und ich hoffe, sie erwartet es nicht.

Auch wenn wir das Gefühl haben, dass wir einen Berg
zu erklimmen haben, werden wir es gemeinsam tun.
Wir müssen nicht um die Wette laufen, es gibt keine
Ziellinie.

EPILOG

CALI

40 Wochen schwanger

Ich schwöre, ich bringe Logan um, weil er mich so groß wie einen Ballon gemacht hat, und zwar nicht den mit Helium, den man auf Geburtstagsfeiern sieht. Nein, ich bin so groß wie ein Heißluftballon, der jeden Moment platzen kann.

Dieser Moment ist jetzt.

Meine Fruchtblase ist geplatzt, und Logan bringt mich zum Hubschrauberlandeplatz, denn das nächste Krankenhaus ist zwei Stunden entfernt.

Er besteht darauf, dass wir unser Kind im Krankenhaus bekommen, nicht zu Hause mit einer

Hebamme. Er möchte kein Risiko eingehen und das Leben des Kindes oder der Mutter riskieren.

Ich widerspreche nicht, aber die Wehen sind die Hölle.

Werde ich es bis zum Krankenhaus schaffen, oder werde ich in seinem luxuriösen Privathelikopter entbinden? Das ist keine Geschichte, die ich erzählen möchte, wenn unser Kind älter ist.

Er schnallt mich im Sitz des Hubschraubers an. Logan ist der Pilot, obwohl ich gern seine Hand drücken und seine Unterstützung spüren möchte, muss er sich darauf konzentrieren, uns lebend ins Krankenhaus zu bringen.

Der Flug ist nicht so schrecklich, wie ich es mir vorgestellt habe, und schon bald werde ich ins Krankenhaus gerollt, um einen kleinen Jungen zur Welt zu bringen.

„Ich hasse dich", flüstere ich Logan zwischen zusammengebissenen Zähnen entgegen. Die Wehen kommen im Abstand von Sekunden, nicht von Minuten. Der Schmerz durchdringt jeden Zentimeter von mir, und ich will, dass das Baby rauskommt.

Er nimmt meine Hand auf die sanfteste und beruhigendste Art und Weise, und ich drücke sie ganz fest, während eine weitere Wehe durch mich hindurchfährt.

„Ich kann nicht glauben, dass du mich dazu überredet hast!" Ich knurre ihn an.

Logan weiß, wann er seinen Mund halten muss, und im Moment versucht er, sich zurückzuhalten. Egal, ob er sich über mich ärgert oder sich auf die Lippe beißt, um keine abfällige Bemerkung zu machen, er ist klug genug, um zu schweigen.

Der Arzt weist mich an zu pressen, und wenn ich dachte, die Schmerzen könnten nicht schlimmer werden, habe ich mich getäuscht.

Ich bin erschöpft, und unser Baby hat noch nicht einmal das Licht der Welt erblickt. Wie werde ich es schaffen, Mutter zu sein?

Sorgen plagen mich, und Logan umklammert meine Handfläche mit beiden Händen, sein Griff ist fest. „Du schaffst das, *Sonnenschein*. Du bist zäh. Du kannst es schaffen. Atme einfach durch die Wehen, wie wir es geübt haben."

„Wie ich es geübt habe", schimpfe ich. Ich kann nichts gegen die Wut tun, die mich durchzuckt. Es ist schlimmer als bei unserem ersten Streit. Nur, dass ich es dieses Mal nicht so meine. Und die Tränen fallen, weil ich nicht will, dass er mich hasst.

Wann bin ich so ein Wrack geworden?

Ach ja, die Schwangerschaft.

Die Hormone und das Heranwachsen eines Kindes in mir werden das bewirkt haben.

Ich bin erleichtert, als das Baby endlich auf die Welt kommt, dreitauseneinhundertfünfundsiebzig Gramm schwer. Er hat Logans dunkles Haar und meine hellblauen Augen. Er ist gesund und perfekt.

Wir beschließen beide, ihn Miles zu nennen, denn Logan schwört mir, dass er jede Meile um die Welt zurücklegen würde, wenn ich ihn jemals wieder verlasse. Ich schwöre im Gegenzug, dass nichts zwischen uns kommt oder uns im Weg stehen wird.

Wir sind nicht verheiratet, noch nicht. Manche Dinge brauchen mehr Zeit als andere. Wir haben uns vor allem darauf konzentriert, unsere Beziehung zu stärken und dafür zu sorgen, dass Julianna sich an ein neues Geschwisterchen gewöhnt.

Ein paar Monate nach der Bekanntgabe unserer Schwangerschaft zog ich in die Penthouse-Suite ein. Ein Zimmer im Resort für mich allein zu haben, erschien mir absurd, und Logan wollte jeden Moment der Schwangerschaft gemeinsam mit mir erleben.

Das wollte ich auch, mit ihm.

Ich arbeite immer noch für Luxenberg-Enterprises und erstatte über Logan Bericht, was verrückt erscheint, aber Levi hat kein Problem damit, solange wir beide produktiv sind und das Resort gut läuft. Außerdem nehme ich an, dass Levi und Logan Geschäftspartner sind, so dass es keine Probleme gibt. Logan arbeitet technisch gesehen nicht für Levi.

Und Jules darf endlich ein Praktikum bei mir machen, wenn sie diesen Sommer mit der Schule fertig ist. Ich glaube, Levi zahlt ihr sogar ein paar Dollar dafür, aber sie freut sich mehr darauf, alles zu lernen, was ich mache, und unsere Social-Media-Konten zu betreuen.

Dem Blue-Sky-Resort geht es fantastisch. In den Wintermonaten sind wir ständig ausgebucht. Logan spricht immer wieder davon, das Resort auszubauen und zu erweitern.

Ich hatte schon fast erwartet, dass Logan Julianna zu ihrem sechzehnten Geburtstag ein Auto kaufen würde. Stattdessen hat er in einer der leeren Suiten im Erdgeschoss ein Spielzimmer eingerichtet, zu dem man mit einer privaten Schlüsselkarte Zutritt hat. Immer wenn Julianna ihre Freunde einladen will, vor allem im Sommer, wird das Spielzimmer rege genutzt.

Es gibt Old-School-Videospiele wie Pac-Man, eine Reihe von Arcade-Rennspielen und sogar eine

Klauenkranmaschine, die Logan mit ausgestopften Tieren füllt.

Es ist im wahrsten Sinne des Wortes Jules' Spielhalle. Das Mädchen weiß gar nicht, was für ein Glück sie hat, dass Logan ihr Vater ist. Und ich bin sicher, dass Miles genauso verwöhnt wird, wenn er älter wird.

Logan bringt Miles und mich nach Hause. Er hat an alles gedacht und das Gästezimmer in ein Kinderzimmer verwandelt. Allerdings haben wir auch einen Stubenwagen im Hauptschlafzimmer aufgestellt.

Ich liege ausgestreckt auf dem Sofa und stille Miles, als Logan sich neben mir niederlässt. Er hebt meine Beine hoch und setzt sich, bevor er meine Füße auf seinen Schoß legt. Sofort beginnt er mit seinen Fingern, meine Waden und Füße zu massieren.

Der Mann ist ein wahr gewordener Traum. Ich weiß nicht, wie ich so viel Glück haben konnte.

„Er sieht genauso aus wie du", sagt Logan und bewundert seinen Sohn.

„Ich weiß nicht. Ich finde, er sieht dir sehr ähnlich", flüstere ich mit einem verlegenen Lächeln. Ich will nicht riskieren, Miles zu wecken, da er gerade eingeschlafen ist.

Ich bringe ihn zum Bäuerchen, und Logan bietet mir an, ihn zu nehmen und in sein Bettchen zu legen. Ich übergebe ihm den schlafenden Säugling, lehne mich zurück und lasse meine Augen zufallen. Ich bin erschöpft, und es ist erst die erste Woche. Im Krankenhaus waren die Krankenschwestern wenigstens hilfsbereit, aber jetzt hängt das Wohlergehen des Babys von mir ab.

Allein dieser Gedanke macht mir Angst.

„Er schläft", sagt Logan und klettert wieder auf das Sofa, wo er schon ein paar Minuten zuvor gesessen hat.

„Oh, gut." Ich kann nicht anders, als zu gähnen. Ich werde keinen Schlaf nachholen können, und mit einem Neugeborenen frage ich mich, wann ich das nächste Mal die Nacht durchschlafen kann. In Wochen? Monate? Es fühlt sich entmutigend an.

„Geht es dir gut?" Logans Berührung ist sanft und beruhigend, als er meine Beine streichelt.

Ich nicke und lasse meine Augen zufallen. „Ich fühle mich, als könnte ich eine Woche lang schlafen."

Ich stelle mir vor, wie Logan lächelt, aber ich bin zu müde, um meine Augen zu öffnen.

„Ich auch", sagt er mit einem leisen Lachen. „Aber kein Vergleich, du hast gewonnen."

Ich stupse ihn mit meinen Zehen an. „Das ist kein Wettbewerb", sage ich. „Und danke, dass du im Krankenhaus nicht sauer auf mich warst. Es tut mir leid für all die schrecklichen Dinge, die ich während der Wehen gesagt habe. Das war furchtbar."

„Die Dinge, die du gesagt hast, oder der Schmerz?"

Ich öffne meine Augen, und er grinst.

„Beides", sage ich. „Ich liebe dich." Ich habe es seit Monaten gespürt, aber ich habe es nicht gesagt. Ich möchte, dass er weiß, dass nichts zwischen uns stehen wird.

„Ich liebe dich auch", flüstert er und greift nach der Decke auf dem Sofa. „Du solltest dich etwas ausruhen, während Miles schläft." Er zieht die Decke über mich und hilft mir dabei, es mir bequem zu machen.

„Du hast Windeldienst, wenn er aufwacht", murmele ich zwischen einem Gähnen.

„Es wäre mir ein Vergnügen."

„Lügner." Er bietet vielleicht an, Miles Windeln zu wechseln, aber ich weiß, dass er das nicht will. Niemand will die Windeln eines stinkenden Babys wechseln.

Logan klettert vom Sofa, beugt sich vor und presst seine Lippen auf meine Stirn. „Für dich, Cali, würde ich alles tun."

Und ich glaube, er würde es tun, so wie ich alles für ihn tun würde.

———

Danke, dass Sie Berg Muffel gelesen haben. Ich hoffe, Ihnen hat die Geschichte von Logan und Cali gefallen. Setzen Sie das Abenteuer mit Bachelor Muffel fort.

Jeder von uns hatte schon einmal eine Verabredung, bei der man sich am liebsten vom Bahnsteig vor einen entgegenkommenden Zug geworfen hätte.

Meine ist meine heiße Nachbarin, die gerade in das Haus eingezogen ist.

Er ist Junggeselle. Obwohl er umwerfend gut aussieht, sollte man ihm den Mund zukleben.

Es ist meine Schuld. Er hat mich gefragt, ob ich mit ihm ausgehe, und ich habe Ja gesagt, ohne zu wissen, dass er ein arroganter Idiot ist.

Ich würde gerne sagen, dass ich ihn nie wieder sehen werde, aber es kommt noch schlimmer …

Er ist auch mein neuer Chef, und ich bin seine Assistentin. Er hört zufällig, wie ich mich meinem Kollegen gegenüber über seinen „Schrott" lustig mache, und ich schwöre, dass ich mich nie wieder im Büro blicken lassen werde.

Denn Mr. Muffel ist das ultimative Boss-Arschloch.

Arrogant.

Anspruchsvoll.

Manipulativ.

Ich schwöre, er hat es geplant, ist in der Bar aufgetaucht und hat mich aus dem Konzept gebracht. Und dann die Wette ... es gibt kein Zurück mehr.

Stellen Sie sich vor, wie überrascht ich bin als ich erfahre, dass er einen Sohn hat.

Mr. Muffel ist ein alleinerziehender Vater. Das Kind tut mir leid.

Diese heiße romantische Komödie ist eine Feinde-zu-Liebhaber-Romanze. Es ist eine eigenständige Geschichte, ohne Betrug, ohne Cliffhanger und mit einem Happy End.

Bachelor Muffel nur einen Klick entfernt!

WERBEGESCHENKE, KOSTENLOSE BÜCHER UND MEHR GOODIES

Ich hoffe, dass dir Milliardär Muffel gefallen hat und du die Geschichte von Levi und Clare magst.

Melde dich für meinen Willow Fox Newsletter an

Wenn dir Milliardär Muffel gefallen hat, nimm dir bitte einen Moment Zeit, um eine Rezension zu hinterlassen. Rezensionen helfen anderen Lesern, meine Bücher zu entdecken.

Du weißt nicht, was du schreiben sollst? Das ist okay. Er muss nicht lang sein. Du kannst erzählen, wie du mein Buch entdeckt hast: War es eine Empfehlung von einem Freund oder einem Buchclub? Lass die Leserinnen und Leser wissen, wer dein

Lieblingscharakter ist oder was du gerne als Nächstes lesen würdest.

Vielen Dank fürs Lesen! Ich hoffe, dass du dich in meine Mailingliste einträgst, damit ich dich über kostenlose Bücher, Werbeaktionen, Werbegeschenke und Neuerscheinungen informieren kann.

ÜBER DIE AUTORIN

Willow Fox liebt das Schreiben seit ihrer Highschoolzeit (vor vielen Jahren). Ihre Kleinstadtromane spiegeln das Leben in einer Kleinstadt im ländlichen Amerika wider.

Egal, ob sie Liebesromane schreibt oder draußen am Lagerfeuer sitzt und ein gutes Buch liest, Willow liebt die Magie des geschriebenen Wortes.

Sie träumt davon, von den Füßen gerissen zu werden und hofft, dass sie das auch bei ihren Lesern erreichen kann!

Besuche ihre Website unter:

https://authorwillowfox.com

AUCH VON WILLOW FOX

Eagle Tactical Serie

Enthüllt: Jaxson

Verheimlicht: Mason

Versteckt: Lincoln

Verborgen: Jayden

Mafia-Ehen

Geheimes Gelübde

Gefangenschafts Gelübde

Wildes Gelübde

Widerwilliges Gelübde

Rücksichtsloses Gelübde

Gebrüder Bratva

Brutaler Boss

Böser Boss

Besitzergreifender Boss

Zwanghafter Boss

Ruppige Single Papas

Milliardär Muffel

Berg Muffel

Bachelor Muffel